最強御曹司は私を美味しく召し上がりたい

ルネッタブックス

CONTENTS

Lunetta

プロローグ　まほら

「倭《やまと》は国のまほろばたたなづく青垣山隠《あをかきやまごも》れる倭しうるはし」

暗記させられた和歌を、独特の節《ふし》をつけて唄《うた》ってみせると、姉の蘇芳《すおう》が微笑《ほほえ》んで頭を撫《な》でてくれた。

「上手、上手！　ちゃんと覚えてるのね、千早《ちはや》。えらいなぁ！」

姉の細い指で髪をくしゃくしゃに掻《か》き回されるのが心地好《よ》くて嬉《うれ》しいのに、千早はムッと唇を尖《とが》らせてみせる。

「そのくらい当たり前だし。〝言祝《ことほ》ぎの儀《ぎ》〟はたった三日前なのに、そんなすぐに忘れるわけないだろ」

暗記していた古事記《こじき》の和歌は、千早が十歳になったことを祝う『言祝ぎの儀』で紫和《しわ》様の御《ご》前《ぜん》で披露したものだ。

紫和というのは、千早たち『まほら』を統べる一族の長《おさ》のことで、中でもその当主のことを『紫和様』と呼ぶのだ。紫和様は皆からまるで神様のように恐れ崇《あが》められているから、どんな恐ろしい人なのだろうと思っていたが、とてもきれいで優しそうな方だった。

「そっかぁ。千早も紫和様にお目通りできたんだねぇ。どんな方だった？」

「……お美しい方だったよ」

「へえ！」

姉は千早よりも十歳年上だが、紫和様には会ったことがない。蘇芳と千早は異母きょうだいで、蘇芳の母は『まほら』ではないからだ。

『まほら』とは、人《ヒト》とよく似た姿形をしているが、人とは違うモノたちのことだ。

おそらく人類の文明が起きた頃には存在していたのではないかと言われていて、人とよく似た姿をしていることから人に紛れて生きることを選んだ種族なのである。

まほらは人よりも強靭《きょうじん》な肉体と優れた知能を持っている。頭脳・運動能力・容姿など、全てが人間より優れている。現代において、起業家や政治家、研究者、アスリート、俳優などといった、いわゆるセレブリティと呼ばれる者は、十中八九はまほらであると言われるくらいだ。

人より能力が高いのになぜ異種族に紛れることを選んだのか、その理由は二つある。

一つは、生殖能力の低さだ。まほら同士の生殖では、十組のカップルのうちの一組か二組程度しか子を授かることはできなかったが、人との生殖ではいくらでも授かれたのだ。混血が進んでいったのも必然というべきか。

だが混血が進んで人の血が濃くなると、まほらの優秀な能力は低下する。人間に近づくのだから仕方ないが、ある時期からまほらの中で『純血信仰』が生まれ始める。まほらの純血であればあるほど、尊く優秀であるとされ、純血を保った一族のことを『紫白家《しはく》』と呼び、まほらを率いる者たちとして崇められるようになった。『紫白』とは、初代のまほらの長が、忠臣五名の忠義に対して白い装束を贈ったことを由来とする。つまり元々は長の忠臣を指す言葉であって、そこに純血という意味はなかったが、『力の強いまほらは純血』というまほらの社会通念から、いつの間にか純血であることが求められるようになった。

紫白家には五つの家門が存在し、その五つの頂点にいるのが紫和家である。

そして千早と蘇芳の家である沢渡家《さわたり》も紫白の一つで、千早はその沢渡家の後継者として厳しく育てられていた。

なぜ年上である蘇芳が後継者ではないのかといえば、蘇芳が純血ではないからだ。前述の通り、紫白の当主は純血でなければならないという不文律があるのだ。

蘇芳の母は人間で、蘇芳には半分しかまほらの血が流れていない。

なぜ紫白の当主である父が人間と婚姻を結んだのかと言えば、その当時父は当主でもその後継者でもなかったからだ。父には姉――千早にとっては伯母に当たる人がいて、最初はその伯母が当主になる予定だった。しかし伯母は、車の衝突事故に巻き込まれて亡くなった。その車には義妹である蘇芳の母も同乗しており、父は姉と妻を同時に亡くすという悲劇に見舞われたのだ。悲嘆に暮れる中、それでも紫白の一族の血を絶やすわけにはいかないと、父はまほらの中から新たな妻を娶《めと》らなくてはならなかった。

そうして後妻におさまったまほらが、千早の母というわけである。その母も亡くなってしまったので、現在父は男寡《おとこやもめ》なのであるが。

だから同じきょうだいであっても、純血である千早しか当主になれないのだ。

紫白家の当主になる予定の子どもは、十歳になると『言祝ぎ』という儀式でまほらの長である紫和様に会えるのだが、それ以外の者は、たとえ紫白家の者であっても会うことは叶《かな》わない。

(姉さんが紫和様にお会いすることは、一生ないんだろうな……)

そう思うと、なんだか納得がいかない気持ちになってしまって、千早は唇を尖らせた。

(……なんか、変な決まり事だよな。純血じゃないとダメって。純血の僕より、混血の姉さんの方がずっと優秀なのにさ)

蘇芳は本当に完璧だ。頭も良く、運動神経も抜群で、おまけにものすごい美人だ。この国で一番難関だと言われている大学に入学したし、高校時代には在籍しているチアリーディングチームのリーダーになるほど身体能力が高く、チームを世界大会にまで導くほどの指導力と統率能力の持ち主だ。賢く、美しく、社交的で公明正大——まさに『まほら』を絵に描いたような人なのだ。

そんな姉の方がよほど当主に相応《ふさわ》しいと、千早は思ってしまうのだ。

「ほらほら、この衣装も素敵《すてき》だったよね。すごくよく似合ってた！」

姉がはしゃぐような声でスマホを弄《いじ》り、画面に水色と白の装束を着せられた千早の写真を写す。『言祝ぎの儀』の時の衣装だ。これを着た千早を見た姉が、大喜びをして写真をいっぱい撮ったのだ。

「そんなの、姉さんの方が似合ったと思う」

思っていたことをそのまま口にすると、蘇芳は一瞬驚いたように目を丸くした。

「なぁに？　もしかして、私が紫和様にお会いできないのが可哀想《かわいそう》だと思ってる？」

「可哀想だとは思ってないよ。ただ……純血だとか混血だとか、時代錯誤だと思ってる。だって実際、僕より姉さんの方が優秀だし」

「ははぁ。じゃあ私の方が当主に向いてるって言いたいの？」

「実際そうだろ？」

「まあ、私が優秀なのは確かだけどねぇ」

蘇芳が鼻高々に言ってみせるので、千早は「言うと思った」と呆《あき》れた顔を作る。姉は優秀だが、自信家でもあるのだ。

「でも、勘違いしないでほしいのは、もしなれたとしても、私は当主にはなりたくないってこと」

それは初耳だったので、千早は驚いて姉の顔を見た。姉は、父が紫白の集いに千早だけ連れて行くのを、少し寂しそうな表情を見送っていた。だからてっきり、当主になれないことを残念がっているのだとばかり思っていたのだ。

「何、その意外な顔は。そりゃあ、小さい頃は多少あったよ。まあでも、成長するにつれてその意味を理解すれば、逆に申し訳ない気持ちが芽生えてくるっていうか……」

「申し訳ない気持ち？」

「だって、千早はこの先、沢渡の当主として、あらゆる面で〝完璧〟を体現していかなきゃいけないんだもの。時間とか、行動とか、あとは心情的にも、いろんな制限を受けた生活になる。私が純血のまほらじゃなかったから、それを君に押し付けることになってしまったじゃない」

「ああ、なるほど」

沢渡の当主となるということは、そういうことだ。自分は窮屈な上に、目の前に飛ばなくてはいけないハードルを何本も置かれ続けるような人生を送ることになるだろう。

だが千早にとってはそれが必然でしかなく、それを辛《つら》いと思ったことはなかった。

「それを別に姉さんに押し付けられたって思ってない。僕にとって当たり前のことだから」

肩を竦《すく》めてそう言えば、姉は目を瞬《またた》いた後、くしゃりと破顔する。

「かぁっこいいなぁ、千早！」

「そんなことないだろ……わぁっ、やめろよ、髪ぐしゃぐしゃになるだろ！」

姉がやや乱暴に髪を掻き回してきたので、千早はその手を振り払って睨《にら》んだ。

だが千早の睨みなど姉が怖がるわけもない。ニコニコと眩《まぶ》しそうな笑顔で、姉は頷《うなず》く。

「そういう千早だから、お姉ちゃんは心置きなく彼氏に会いに行けるってもんだよ！」

姉の一言に、千早は「ああ、そういう心配か」と得心がいった。

「なんだ。当主になりたくないのは、人間と結婚したいからか」

確かに紫白の当主は純血である必要があるため、千早の結婚相手はまほらから選ばなくてはならないだろう。蘇芳の彼氏は、人間なのである。

フン、と鼻を鳴らしてしまったのは、姉に彼氏ができたことが少し面白くないからだ。

蘇芳にとっては生まれて初めての恋人だ。次期当主ではないとはいえ、沢渡家の娘である蘇芳にも、それ相応の行動制限はあった。なにしろ沢渡家は国内でも有数のデベロッパー、沢渡トラスト・ホールディングスの経営者一族だ。幼稚園から高校までエスカレーター式の学校に通い、登下校は車での送迎付きだったから、恋人を作ろうにもなかなかできない状況だっただろう。

だが大学生になると、半人前ではあるが大人として認められ、行動にそれなりの自由が与えられるようになった。本人の希望で大学への送迎もなくなり電車で通うようになると、友人も増え、恋人もできるようになったというわけだ。

（……まあ、父さんは当たり前みたいに相手のことを把握してるだろうけどね）

娘の周辺に集う人間のことは全て調査済みであるに違いない。その上で大丈夫だと判断した者だけが残っているはずだ。もちろん、その彼氏についても問題ないと判断されたから、蘇芳の傍《そば》にいられるのだ。

「やだな、別に、まだ結婚とかは……そりゃ、〝いつか結婚したいね〟って彼と言い合ってるけど！」

弟の指摘に、蘇芳が可愛《かわい》らしく頬を染めてそんなことを言うから、千早は呆れてしまった。

「初めての男女交際に浮かれてんじゃねーよ……」

「なっ、何よ！　可愛くないなぁ！　千早には分かんないよ！　未経験でしょ！」

十歳で男女交際を経験している者の方が少数派だと思うが。

「そいつ、まほらのこと知ってんの？」

「知ってるわけないでしょ！　まほらなんて、知ってても都市伝説みたいなものって思われてるでしょうしね」

まほらの存在は、一般的には知れ渡っていない。だがあちこちにまほらに纏《まつ》わる伝承のようなものが残っていて――いわゆる、吸血鬼だとかツチノコだとかのような、都市伝説のようなものだ。

「なんだ。言ってないのか。結婚したいって言うくらいだから、もう言ってるのかと……」

千早が言うと、蘇芳はため息をついて少し暗い表情になった。

「……言えるわけないじゃない。私たちが、人喰《く》い種族の末裔《まつえい》だなんて」

各地にまほらの伝承が残っているのは、それが理由だ。

大昔、まほらは人を食料として喰う種族だったのだ。

まほらが人に紛れて生きることを選んだ理由の二つ目は、これだ。

捕食者であるまほらが、被食者である人間の巣の中に入るため、というわけだ。まほらにとっては食糧庫の中で生きるようなものである。

「人喰い種族って言うけど、そんなの大昔の話だろ。今はもう人を喰うことは禁忌《きんき》とされているし、もし破れば紫団《しだん》に捕まって処刑されるか、良くて紫和の牢獄に幽閉される。そんな千年近く前のこと、気にしてたらなんにもできないよ」

人に紛れて生きつつその中で人を喰えば、それが問題にならないわけがない。生殖能力の低いまほらは、数では到底人間に勝てない。身体能力や知能が高くとも、大勢でかかられれば敵《かな》わない。多勢に無勢というやつだ。当然ながら人を喰ったことで人に捕まり、家族もろとも皆殺しにされたまほらが多く出た。それを問題視した当時の紫和家の長が、人を喰うことを禁じたのだ。幸いにしてその頃には、人に擬態した生活の中で、まほらの栄養源は人でなくとも良く、人の食べている物と同じで事足りるということも分かっていた。返り討ちに遭う危険を冒《おか》すくらいなら、食糧を変えた方がいいという、実に合理的な判断だ。

紫和家を筆頭に、まほらたちを戒律で縛り、そこから逸脱した者に罰を与えることで、まほらを人の社会に溶け込ませるのを可能にした。紫団というのは、まほらの警察のような職務を与えられた集団だ。代々紫白の五家の後継者が順番にその長を担っており、現在は紫白の一つである海保《かいほ》家の後継者がその役にある。紫団長はその者が後継者から当主になった時に解任され別の者へと代わるのだが、次は沢渡家の番であり、すなわち千早がなる予定なのである。

「そもそも、まほらの人喰い衝動の本能はもう退化してるって言われてる。確かに顎の力は人よりも強いし、犬歯も鋭《するど》いけど、僕らだって人間を見て食べたいなんて思わないじゃん。欲求もないのに人喰いなんて大罪犯そうとする奴なんていないよ」

「まあ、そうだけど……。でも、〝桃蜜香《とうみつこう》〟のことだってあるじゃない。自分が〝先祖返り〟にならない保証なんてないんだよ」

『桃蜜香』の名前に、千早は顔を顰《しか》めてしまった。

それはまほらの中でも大きな問題の一つだ。

人を食べないことを選択し、人喰いの本能を封印したと言われるまほらに、古《いにしえ》のその本能を呼び覚ましてしまう人間――それが桃蜜香なのだ。桃のような甘い芳香を放つことから、その名がついたと言われている。まほらがその匂いを嗅《か》ぐと、制御できないほど強烈な食欲に脳を支配され、その桃蜜香を食べずにはいられなくなるというのだ。

『先祖返り』とは、その桃蜜香を喰らってしまった者のことだ。

桃蜜香は男女共に存在するが、女の桃蜜香の芳香は男のまほらにしか効かず、逆もまた然《しか》り。それがなぜなのかは未だ解明されていない。桃蜜香の存在は数十年に一度程度しか発見されないほど稀少で、しかも見つかったらすぐにまほらに食べられてしまい、研究しようにもできないでいたからだ。

だが制御できないほどの食欲を湧かせる存在など、懸命に人に紛れて生きる努力をしてきたまほらにとって、脅威そのものである。

「桃蜜香なんて、ここ五十年ほど見つかってないだろ？」

「見つかってないだけで、本当は誰かに食べられてしまってる可能性だってあるでしょ」

「そんなこと、紫団が許さないよ」

「見つけられなかったってことだってある。紫団だって万能じゃないもの」

「それはそうだけど……」

「とにかく、私はまだ彼には、まほらのことを言えない。……千早には、まだ分かんないかもしれないけど……」

「……そっか」

苦しげな姉の表情に、千早はそれ以上何も言えなかった。

蘇芳のような葛藤を抱くまほらは少なくない。自分が愛する人間を喰らってしまうかもしれないと考えれば、それに怯えてしまうのも無理はないだろう。

短い沈黙がきょうだいの間に流れ、すかさず蘇芳が気を取り直すように言った。

「なんか暗い話になっちゃったねぇ、ごめん！　ま、彼氏と私はラブラブですから、なんの問題もないんですけどね！」

わざとらしい明るい声に、千早も乗っかるように声を上げる。

「ラブラブとか、自分で言ってて恥ずかしくないの？」

「あっ！　もー！　この小学生男子めぇ！」

「いてててて！　やめろって！」

蘇芳がニヤニヤしながらまた頭をぐしゃぐしゃにしてきたので、千早は姉の手を振り払った。

「あっ！　こんなことをしてる場合じゃなかった！　もう行かなくちゃ！」

きょうだいの戯《たわむ》れを急にやめたかと思ったら、姉がスマホの時間を確認して慌ててリビングから飛び出していく。

「どこ行くんだよ？」

「彼と映画～！　今日はご飯いらないって、明子《めいこ》さんに言っといて～！」

明子さんとは、この家に住み込みで働いているハウス・キーパーのことだ。

「自分で言えよ……。ったくもう……」

ブツブツと文句を言いながらも、千早は姉の出て行ったドアの方をなんとなく眺《なが》めた。

まほらのことを言えない、と言った姉の暗い表情が目に焼き付いている。

姉は千早にはまだ分からないと言っていたが、そんなことはない。

（……僕だって、あの子を喰らってしまうかもしれないと思うと、絶対に嫌だし、怖いよ……）

脳裏に浮かぶのは、大きな目をした幼い女の子――真麻《まあさ》だ。

千早が真麻に出会ったのは、本当に偶然だった。

あれは去年のことだ。新しくビルを建設予定の土地の地鎮祭の依頼をするために、父が懇意にしている神社に、自分も一緒に連れて行かれたことがあった。

とはいえ、九歳の子どもに仕事の話は分からないと思われたのか、宮司《ぐうじ》に〝神社の中を散歩でもしておいで〟と言われたのだ。仕方なく境内《けいだい》を歩いていると、いつの間にか傍にいたのが真麻だったのだ。

薄汚れた服を着て、髪は何日も洗っていないのか、皮脂でところどころに固まっている箇所がある。病的なまでに細い腕や脚に、青黒い痣《あざ》や引っ掻かれたような赤い傷跡が無数についていた。

子どもの千早の目から見ても、虐待されているのではと疑うような様子だ。

靴を履いておらず裸足《はだし》であったことから、逃げてきた子どもだと思った千早は、周囲に保護者がいるかどうか確かめた。いたとしたなら、彼女を隠すべきだと思ったのだ。だが誰も見当たらず、怖がらせないように優しく訊《たず》ねてみた。

『こんにちは。君、お母さんは？』

するとその子はフルフルと首を横に振った。

『いないの？　じゃあお父さんとか、おばあちゃんとかは？』

続けて訊ねると、女の子は困ったように眉を下げ、もう一度首を横に振った。

『いない』

乾いた小さな唇から漏《も》れた小さな声を聞いた瞬間、千早の中に憐憫《れんびん》と庇護《ひご》欲《よく》がドッと押し寄せた。

幼い子の声とは思えないほど、ひび割れ、掠《かす》れ切っていた。

柔らかいはずの子どもの皮膚《ひふ》は、カサついて垢《あか》がこびり付いている。細すぎる手足から、満足に食べさせてもらえていないことは明白だ。

(こんな……小っちゃい子に、なんてことを……)

年齢は二歳か三歳くらいだろうか。千早は周囲に小さな子がいないので定かではないが、自分よりはずっと小さいことだけは確かだ。まだ小学校にも行っていない幼児なのだ。ちゃんとした大人の手がなければ死んでしまうだろう。

(守らなくちゃ。母親だろうが、父親だろうが、この子を虐待するような奴は論外だ。この子を守れる、ちゃんとした大人を探さなくちゃ……!)

瞬時にそう決意した千早は微笑んで言った。

『そっか。じゃあお兄ちゃんと一緒にいる?』

千早の提案に、女の子は少し迷うように首を傾《かし》げ、こちらをうかがうように見つめてくる。

『まま……』

不安そうに呟《つぶや》くのは、母親のことだ。やはり母親が周辺にいるのだろうか。

『ママが一緒だったの?』

訊ねると、女の子はまた首を傾げて考えた後、『まま、いない。……どっか、いっちゃった』

と途切れ途切れ答えた。

『どっか行っちゃったのか。おうちはどこかな？』

幼児を放置してどこかに行くなんて、やはりこの子の保護者には警戒した方が良さそうだ。

改めて決意しつつ、家の場所を訊《き》いてみたが、女の子は先ほどと同じように首を傾げるばかりだ。

『そっか。……じゃあ、君のお名前を教えてくれるかな？』

『……まぁちゃん』

舌ったらずな発音で自分を指しながら答える様子に、笑みが漏れる。可愛いな、と純粋に思った。

それと同時に、この子の体のあちこちに見える無数の痣に心が痛んだ。どうしたらこんないたいけな幼子に、痣ができるほどの無体ができるのだろうか。

『まぁちゃんか。僕は千早だよ』

『ち、は……？』

『千早。言いにくかったら、ちーくんとかでいいよ』

『ちぃくん？』

小さな唇を尖らせて発音する様子に、思わず頭を撫でてしまった。

『そう。上手だね。まぁちゃんはどうしてここに来たのかな？』

『……えっと、ぱん、なくなったの。もうないから、おなかへっちゃったの。だから……』

『じゃあ、何か食べさせてもらうことにしよう。何が食べたい？』

するとその子は、パッと顔を輝かせる。

『しょくぱん』

『……食パン？　食パンが好きなの？』

千早が訊くと、彼女はこくんと頷き、『ままがかってきてくれる。でも、もうなくなっちゃった』と呟いた。それを聞いて、千早はゾッと背筋が凍るのを感じた。要するにこの子の母親は、まるで猫の子に餌《えさ》をやるかのように食パンを与えた後、どこかへ消えたということだろう。

『食パンも美味《おい》しいよね。でも、もっと美味しいのがあるかもよ』

千早が言うと、女の子は大きな目をぱちぱちとさせた。

『ほんと？』

『ほんと。美味しいもの、いっぱい食べさせてあげるね、まぁちゃん』

そして、この子が安全に暮らせるように、守ってあげなくては。

心の中でそう自分に誓うと、千早は女の子を抱き上げて父親のところへ連れて行った。

父親は息子の連れてきた幼児に驚いたようだったが、千早の説明を聞くとすぐに数カ所へ電話を入れていた。千早には詳しくは分からないが、児童相談所や警察、そして病院だったのだろう。

気を利かせてくれた宮司が持ってきてくれた粥《かゆ》を、女の子が勢いよく平らげるのを待ってから、父は彼女と千早を連れて小児科へ行った。なぜ千早も連れて行ったのかといえば、彼女が千早から離れようとしなかったからだ。

『まるで卵から孵《かえ》ったばかりの雛《ひな》が、見たものを親と思う……アレのようだな』

と父は笑ったが、そう言われると本当に女の子が雛に見えてくるから不思議だった。

彼女は病院でも千早にしがみついて離れないので、「大丈夫だよ。手を繋《つな》いでいるからね」と医師の診察時にも千早が付き添ったのだ。

診察の結果、医師から虐待の疑いありという診断が下され、女の子は怪《け》我《が》と栄養失調等の治療のために病院で一時保護されることになった。

彼女を残して病院から出る時には、案の定大泣きされてしまい、ものすごく後ろ髪を引かれる思いをすることになったが、父からは「よくやったな」と車の中で褒《ほ》められた。

『弱きを守るのは、紫白の務めだ。あの子の安全はこれで確保できる』

父はこれで役目は終わったかのように褒めてくれたが、千早は終わっていないと感じた。

(終わってない。あの子がちゃんと幸せになれるか、まだ分からないじゃないか……)

だから千早はこっそりと彼女の様子を調べることにした。千早はまだ子どもとはいえ、まほらであり紫白の子である。人の子以上、そして並のまほら以上の知能と身体能力に加え、ある程度の権力と財力も持っていたから、彼女がこの先幸せになるまで見守ることくらいはできる。自分に与えられた権利や金を、自分以外のために行使するのはこれが初めてだったが、それでもいいと思った。

調査の結果、あの子の名前は田丸《たまる》真麻ということが分かった。

二十代のシングルマザーによって育てられていたらしく、千早の予想通り、日常的に母親から暴行を受け、育児放棄《ネグレクト》をされていたようだ。千早が彼女を見つけた時、母親はマッチングアプリで知り合った男に会うために、遠く離れた九州に行っていたそうだ。

(……つまり、あの子は何日も家に置き去りにされていたということだ)

きっと母親は似たようなことを繰り返していたのだろう。母親がいないという状況に慣れている気配があった。

その度《たび》に真麻はひとりぼっちで、与えられた食パンなどを食べて命を繋いでいたに違いない。

母親が罪を認め傷害罪と保護責任者遺棄罪で逮捕されると、真麻は施設で保護されることになった。

それでも千早は心配で、彼女が元気に暮らしているかどうかを確認するために、時間を作っては施設へ様子を見に行っていた。

真麻は千早が会いに行く度に、満面の笑顔で抱きついてくる。本当に雛鳥のように自分に懐く真麻が、千早は可愛くて仕方なかった。

この子を守らなくては、と思った。父の言ったように、本当に自分が親鳥のようになった気分だった。

どうして真麻にこれほどの愛情を抱くのか自分でも分からなかったが、それでも彼女の笑顔を守るためならなんだってしてやりたいと思っていた。

だが、千早のそんな行動を、父は喜ばなかった。

『弱きを守るのは紫白の務めだと、確かに私は言った。だが、それは限られた個人に対してであってはいけない。お前があの子にできることはもうない。お前のやっていることは、中途半端な偽善に過ぎず、結果的にあの子に不幸をもたらすことになる。もう手を引きなさい』

だが千早は食い下がった。父は真麻にもう会いに行くなと言っているのだ。だがそんなことはできないと思った。真麻はいつも自分を待っていてくれる。会いに行かなくなったら、どれほど悲しませてしまうだろうか。ただでさえ親を失った可哀想な子どもなのだ。親鳥のように慕う自分まで、彼女から取り上げていいわけがない。

そう言うと、父親は深いため息をついた。

『いいか、千早。我々はまほらだ。人とは違う生き物なのだ。人よりもあらゆる面で強く、優れている。特に純血のお前は、誰よりも強い力を持っている。だからこそ、他者のためにそれを振るうならば平等であるべきだ。それが力を持つ者の使命なのだから』

『で、ですが、お父さんだって、お母さんや、姉さんのお母さんを特別に思っているじゃないですか！』

千早の母はまほらだが、蘇芳の母親は人間だ。蘇芳の母親のことを、父が今でも大切に思っていることは皆知っているし、それを尊重している。自分には『特別』を許すのに、千早には許されないのかと腹が立ってくる。

だが父は厳しい顔つきを崩さなかった。

『特別な一人のためにその力を振るうのは、自らの力を真に理解し制御できるようになってからだ』

『僕はもう、十分にできています！』

『いいや、できていない。お前は〝桃蜜香〟に会ったことがあるのか？』

桃蜜香と言われ、千早は戸惑って口籠《ご》もる。数十年に一度しか現れないと言われる、まほらの禁忌の存在に会ったことがある者の方が少ない。

『桃蜜香への欲求には、いかなるまほらであっても抗《あらが》えない。どれほど賢く、どれほど理性的なまほらであっても、喰わずにはいられないのだ。それほど恐ろしい欲求を引き起こす存在を前にしたとしても、お前は制御できるというのか？』

『そんな……だって、桃蜜香なんて、遭遇する確率なんて低いのに……』

『お前の大事にしているあの少女が、もし〝桃蜜香〟だった時、お前は喰わずにいられると自信を持って言えるのか？』

究極のたとえ話をされて、千早はグッと唇を引き結ぶ。

悔しいけれど、できると言えなかった。人喰いは決して犯してはならない禁忌だと幼い頃から教え込まれてきたし、それゆえにまほらにとって桃蜜香の恐ろしさは、自分の身に纏わりつく影のように身近で、そして息苦しいものだ。犯してもいないのに、すでに罪が用意されているにも等しいのだから。

答えない息子に、父は追い打ちをかけるように言った。

『桃蜜香は、ある日突然成熟する。今まで普通の人間でしかなかった者が、唐突にあの芳香を体から放つようになるのだ。人を愛したいと思うのならば、相手を喰い殺さないでいられる制御力を身につけるのが先だ。それが、かつて人喰いであった我々まほらが、人に紛れて生きるために必要な覚悟なのだ。……お前には、それがまだできていない』

正しい指摘に、千早は頷くしかなかった。

真麻に会いに行くのをやめて、もう半年は過ぎただろうか。

「まぁちゃん、どうしてるかな……」

泣いていないといい。あの子は我慢強いから、あまり泣くことはしないけど、それでも採血で注射をされた時は顔を真っ赤にして泣いていた。

お腹いっぱい食べさせてもらって、清潔な服を着て、ゆっくりと眠っていられたらいい。

(どうか、笑っていてほしい)

――もう君に会いにいけないけれど、君の幸せをずっと祈っているから。

自分の無力さを噛《か》み締めながら、千早は真麻の笑顔を思い出していた。

＊＊＊

事件が起きたのは、その日の夜だった。

『彼氏と映画デート』だと言って出かけて行った姉の蘇芳が、その恋人を喰い殺してしまったのだ。

姉の恋人が、突如、桃蜜香の芳香を放ったのだという。

「――嘘《うそ》だ」

騒然とする家の中で、父からその事実を聞かされた千早は、呆然《ぼうぜん》とその一言を放った。

（嘘だ。そんな……姉さんが、そんなことをするわけがない……！　あの高潔で優しい、誰よりも優れた姉さんが……！）

しかも、姉は恋人を心から愛していた。結婚したいと言い合うほどに、思い合っていたのだ。愛する人を殺すなんて、そんなことをあの姉がするわけがない。

信じたくない、信じられない、という千早の思いも虚《むな》しく、父は厳しい顔つきで「本当だ」と唸《うな》るように言った。

「我が沢渡家から罪人を出してしまったことは大変に遺憾だ。我が家は謹慎処分を受け、これより十年の間、紫白から降ろされる。……残念だが、お前の紫団入りも叶わなくなった」

千早が紫団に子どもらしい憧れを抱いていたことを知っていたのか、父は苦しげに言ったが、それどころではなかった。

「そんな……そんなこと、どうだっていい……！　姉さんが、どうして……っ！」

「……言っただろう。桃蜜香は突如成熟する。不意を突かれてあの香りを喰らえば、どれほど理性の強いまほらであっても、ひとたまりもない。桃蜜香は、我々まほらにとっての地雷のようなものなのだ」

「……っ、クソッ、そんなこと……、姉さん、どうしてッ……！」

咽《むせ》び泣き、その場に崩れ落ちる千早に、父は跪《ひざまず》きその肩に手を置いて言った。

「蘇芳は紫和家の地下牢に幽閉されている。我が家を除く紫白家と紫和様による協議の末、数日後には沙汰《さた》が下る」

「……処刑されるということですか？」

「――人を喰い殺したのだ。無念だが、受け入れるしかない。お前は二度とこのようなことが起きぬよう、心して生きていかねばならない。この家から、先祖返りを二度と出さないように」

淡々と戒《いまし》める父の声は、しかし悲しみと苦渋に満ちていた。

千早にとって良き姉であったように、蘇芳は父にとっても良き娘だった。愛娘《まなむすめ》であったと言ってもいいだろう。その娘を喪《うしな》うことに、胸を痛めていないわけがない。

千早は歯を食いしばった。これ以上父に食ってかかっても意味がない。姉は人罪を犯した。

――たとえそれが彼女の意思ではなくとも、罪は償わなくてはならない。

「……もう二度と、絶対に、起こさせない。僕が防いでみせる……！」

千早は唸るように呟いた。

悲劇――まさに悲劇だ。こんなこと、誰も望んでいなかったのに。

誰の意思でもない。ただ本能に――いや、異常なまでの欲求に支配されたがゆえに、起きてしまった悲劇だ。

ならばその本能に打ち勝つ方法を、必ずこの手で見つけ出してやる。

それが姉のために、自分が唯一できることだと千早は思った。

(だって、今誰よりも悲しみ、苦しんでいるのは、きっと姉さんだ)

愛する者を自分が喰い殺してしまったという事実に絶望し、処刑される日を心待ちにしている姿が容易に想像がつく。

――自分のような者を、もう二度と出さないでほしい。

姉にはもう会うことは叶わないだろう。

だが、姉が最期に願うのはきっとこれだと、千早には分かった。

(僕がやるよ、姉さん)

戒律で縛ったところで、無駄だ。まほらの本能はそれを凌駕《りょうが》して桃蜜香を喰らってしまう。

ならば、別の方法でそれを防ぐべきだろう。

まほらが桃蜜香に抱く強烈な食欲――その謎を解明し、科学的にその衝動を抑えるようにできる方法を見いだすべきなのだ。

(二度とこんな悲劇は起こさない。見てて、姉さん)

千早は姉に誓うと、涙に濡《ぬ》れた自分の顔を、ぐいっと腕で拭《ぬぐ》ったのだった。

第一章　桃蜜香《とうみつこう》

田丸真麻《たまるまあさ》は、大皿に美しく盛られたエビチリを小皿に分けながら、「それで？」と友人である三浦聡子《みうらさとこ》に話の先を促した。

「例の件、結局どうなったの？」

言外に訊《たず》ねているのは、聡子の彼氏が浮気をしているかどうかということだ。

真麻は数日前に聡子から、『彼氏が浮気をしているかもしれない、どうしよう』という相談を受けていたのだ。その時は、浮気が確定しているとは言い難い内容だったので、『疑う気持ちは分かるけど、確実にそうか確かめてみた方がいい』とアドバイスしたのだ。

すると聡子は納得してくれて、その結果を報告したいからと、今日のランチに誘ってきたのだ。

真麻の促しに、聡子はパッと顔を輝かせた。

「真麻のアドバイス通りだった！　浮気じゃなくて、彼、私へのプレゼントを選ぶのに、お姉さんと一緒にジュエリーショップへ行ったんだって！」

そもそも聡子が彼の浮気を疑ったのが『彼氏が別の女性と腕を組んでジュエリーショップに入っていくのを見た』という内容だったので、なるほど、と真麻は頷《うなず》く。

「そうだったんだ！　……でも、プレゼントってなんの？」

確か聡子の誕生日は終わったばかりだし、クリスマスもバレンタインもまだ先だ。

(あと考えられるのは付き合って何周年とか……？)

などと考えていると、聡子は「ジャーン！」と言いながら自分の左手を突き出してくる。その薬指には、キラリと輝くダイヤモンドが乗っていた。

「えーっ!?　も、もしかして……!?」

「そう！　プロポーズされましたー！」

「きゃーっ！　うそーっ！　おめでとうー！」

まさかの展開に、真麻は大はしゃぎで喜んでしまった。

周囲から視線を向けられて、慌てて手で口を覆《おお》う。

「ごめん、つい……」

「あはは！　こっちこそいきなり報告してごめん！」

「全然ごめんじゃないでしょー！　いや〜、本当におめでとう！」

「ありがとう〜！」

幸せそうに満面の笑みを浮かべる聡子が眩《まぶ》しくて、真麻は少し目を細めた。

この間の電話では今にも泣き出しそうな声だったのに、今日は一転、晴々《はればれ》とした可愛《かわい》い笑顔だ。

「ああ、聡子がついに人妻になるのかぁ。なんだか感慨深いなぁ……あんなに小さかったのに……」

「なぁに、真麻ってば、それお父さんのセリフなんだけど。私の小さい時なんて知らないでしよ～」

お母さんじゃなくてお父さんなのはなぜだ、と思ったが、確かに聡子とは大学からの友人なので大きくなった彼女しか知らないのは事実だ。

「まあそれはそう。っていうか、結婚式はいつ？」

「うーん。まだ全然決まってないし、するかどうかも分からないけど。するとしたら来年かなあ。まだお互いの家に挨拶《あいさつ》も行ってないし、これから全部決める感じだし。一緒に暮らし始めるのとか、入籍の時期とか、後は会社に報告するのとかもねぇ」

やるべきことを指折り数える友人に、真麻はアハハと笑った。

「わぁ、そう考えると、結婚って大変だねぇ」

「すっごい他人事みたいに言うけど、真麻だって結婚したらやらないといけないんだよ～？」

呆《あき》れたように言われ、真麻は目を丸くしてしまった。

「ええ、私？　私は結婚とか全然考えてないもん。恋人だっていないし」

「そんなことばっかり言って！　相変わらず秘密主義だなぁ！　真麻そんなに美人なのに、恋人いないわけないでしょ！」

思いがけない濡《ぬ》れ衣《ぎぬ》を着せられて、真麻はギョッとなって首をブンブンと横に振る。

「待って待って！　本当にいないいんだって」

だが聡子は信じていないようで、ニヤニヤしながら人差し指を立てた。

「大学時代もずっとそう言ってたけど、いっぱい男の人に告白されてたよね？」

「いっぱいじゃないよ！　二、三人！　でも聡子だってそれくらい彼氏が変わってたでしょ？」

言い訳のように指摘すると、聡子は立てた指をこちらに向け、「それ！」と唇を尖《とが》らせる。

「人を指さすのはマナー違反です、やめましょう」

「それはごめん、でも今はそこじゃないから。私は告白されて付き合ったけど、真麻はどんな人に告白されても断ってたでしょう？」

「だって好きでもない人と付き合うのって、相手に失礼じゃない」

「付き合ってから好きになるかもしれないのに！　もったいない！」

「いやもったいないって……。好きになれなかったら、やっぱりごめんって言うの？　それもちょっと申し訳ないじゃない……」

苦笑いしながら追求をいなすと、聡子は呆れたようにため息をついた。

「もう、変なところで真面目っていうか頑固っていうか……。そりゃ一目惚《ぼ》れとかもあるだろうけど、好きって気持ちは後から湧いてくることだってあるんだよ？　そんなこと言って、寄ってくる人をみーんな断っちゃうから、真麻、誰とも付き合ったことないまま二十五歳になっちゃったでしょ」

「はぁ、まぁ、そうだねぇ」

確かに真麻は先月誕生日を迎えて二十五歳になった。聡子や他の友達にお祝いしてもらって、とっても嬉《うれ》しくて楽しかったことを思い出しながら、曖昧《あいまい》に笑う。さすがに友人関係が七年も続くと、自分の交際歴まで把握されてしまうのが少々面倒である。

「もう！　そんな生返事して。真麻は、このまま恋愛しなくていいの？」

「うーん。恋愛ねぇ。なんかこう……ピンと来なくて」

真麻は首を捻《ひね》って唸《うな》り声を出した。

友人たちの恋愛話を聞くのは好きだし、恋愛小説や映画だって楽しめる。

だがそれが自分の、となると、途端に興味が失《う》せてしまうのだ。

「ピンと来ないってどういうこと？　相手にってこと？」

「いや、私が恋愛をするって感じがよく分からない」

「えー？」

大学で仲が良かった友人たちの中でも、どちらかというと恋愛体質だった聡子には理解できない話だったのか、今度は彼女の方が首を捻っている。

「じゃあ、真麻はこれまでの人生で好きだと思った人はいなかったの？」

聡子の質問に、真麻は即答する。

「あ、それはいたよ」

「えっ、いるんじゃん！　誰？　私の知ってる人⁉」

途端に嬉々《きき》とした表情になった聡子に苦笑してしまう。彼女は自分の恋愛にも一生懸命だが、他人の恋愛の応援も全力でするタイプなのだ。自分にはないその情熱が、たまに羨《うらや》ましいなと思う。

「いや、知らない人。私の四歳くらいの時の、初恋のお兄ちゃん」

「え～～～っ、そんな小さい時の、ノーカンだよぉ！」

残念そうに口を尖らせる聡子に、真麻は声を上げて笑った。

「あはは！　私のことはいいから、今日は聡子のお祝いでしょ！　あっ、そうだ。みんなには結婚のこと、もう言っていいの？　きっと大喜びで飲み会開こうってなると思うけど」

「あっ、もちろん～！　でも私から言いたいから、それまで内緒にしてて～！」

「了解！　さて、じゃあもっかい乾杯しよ！　おめでとう、聡子〜！」

ビールグラスを合わせて改めて吉事を祝うと、聡子は嬉しそうに「ありがとう！」と破顔する。

その幸せそうな笑顔に自分も幸せをおすそ分けしてもらったような気持ちになりながら、真麻は記憶の中の初恋の人に思いを馳せた。

（……あなたはどんな大人になったのかな、〝ちーくん〟……）

真麻の一番古い記憶は、神社で一人の男の子と出会った時のものだ。

それまで真麻はひどくぼんやりとした曖昧な感覚の中を生きていた。痛みも、空腹も、悲しみも、怒りも、どこか遠く不明瞭で、まるで誰か他の人の感じていることのように思っていた気がする。

それなのに、彼に出会った時から、自分の五感がはっきりとクリアになったのだ。

彼を見た瞬間、自分の周囲を纏《まと》うようにかけられていたフィルターのようなものが、一気に剥《は》がれ落ちたのを覚えている。

彼はとてもきれいな人だった。幼い真麻が見てもそう思うくらい、お人形のように整った容貌だった。黒い髪は陽の光を白く反射するほど艶々《つやつや》としていて、美しいアーモンド型の目の中には、金色に見えるほど色素の薄い飴《あめ》色の瞳があった。

なんてきれいなんだろうと思った。

ただそのきれいさに圧倒されて見つめていると、彼がこちらに気がついて声をかけてきた。

『こんにちは。君、お母さんは？』

その声がとても心地好《よ》くて、真麻はうっとりとしてしまった。

この人が好きだ、と本能的に思った。この人の傍《そば》にいたい。

彼のことは、〝ちーくん〟と呼んだ。彼がそう呼んでくれと言ったからだ。

ちーくんは真麻を抱っこしてどこかへ連れて行ってくれて、温かいお粥《かゆ》を食べさせてくれた。お腹が空いていたから、お粥はとても美味《おい》しかった。知らない大人がいて少し怖かったが、ちーくんが抱っこしてくれていたから我慢できた。

その後、病院へ行って注射やいろんな怖いことをされたが、ちーくんが手を握ってくれていたから頑張れた。この人といれば、自分はもう大丈夫なのだと思っていた。

だがちーくんはその後自分を置いて行ってしまった。真麻は当たり前のようにギャン泣きして病院のスタッフを困らせたが、今から思えば、彼もまだ小学生くらいの子どもだったのだから、置いて行ったも何もない。そもそも彼には真麻を助ける義務などなかったのだ。それなのに見ず知らずの幼児のためにあそこまで奔走してくれたのだから、規格外に親切な少年だったのだろう。

そこからよく覚えていないが、気がついたら施設で暮らしていた気がする。

後から聞いた話だが、どうやら自分は母親から育児放棄《ネグレクト》されていたらしい。ちーくんと出会った時も、母親が自分を置いて長期間家を空けていたのだそうだ。幼児だった真麻は、食パンなど家にあった食料を食べて飢《う》えを凌《しの》いでいたが、やがてそれも尽きたため、食べるものを探して外に出たのではないかということだった。

我ながら逞《たくま》しい幼児だったのだなと思う。その年齢の子ならば、外に出ようとせず、そのまま餓死してしまう可能性だってあっただろうに。

(でもその逞しさのおかげで、ちーくんに出会えて、こうしてこれまで生きてこられたんだよね)

そう思うと、自分の逞しさを誇《ほこ》りに思う。

病院でちーくんに置いて行かれた時、もう彼に会えないのかと絶望したが、そうではなかった。

なんと彼は真麻に会いに施設に通ってくれたのだ。

たまたま出会ってしまっただけの幼児に、どうしてそこまでしてくれたのかは分からない。

だが真麻はとにかく嬉しくて嬉しくて、彼に抱きついてわんわんと泣いた。

彼はそれから度々《たびたび》様子を見に来てくれていた。真麻は毎日のように、ちーくんの訪れを楽しみに待っていた気がする。来なかった日は悲しくて泣いたが、その分来てくれた日は本当に嬉しくて舞い上がったものだ。

彼の訪れがなくなったのは、いつ頃だったのか。

彼が来なくなっても、真麻はずっと待ち続けた。

一週間が一ヶ月になり、一ヶ月が半年になっても、ちーくんが来てくれるかもしれないと、毎日毎日期待して待ち続けていた。施設の玄関に座り込んで彼を待つ真麻に、周囲の大人は「もう真麻ちゃんが大丈夫だと思ったからだよ」などと言って励まそうとしてきたが、幼い真麻がそれで納得できるわけがなく、「ちーくんはくる」と言い張った。

その後、真麻がちーくんを待つのをやめたのは、諦めたのではなく、物理的に待てなくなったからだった。

真麻の養子縁組が決まったのだ。

真麻には母以外に親戚はなく、引き取り手がなかったために施設に入れられていたのだが、その真麻を引き取りたいという女性がいたのだ。

それが、現在の真麻の姓をくれた田丸の母、波瑠緒《はるお》だった。

波瑠緒はとても優しい初老の女性で、それまでに何度も身寄りのない子どもの里親をしてきた人だった。とはいえ、養子縁組まではしたことがなかったらしいが、真麻のことを知り、ぜひともと声を上げてくれたのだ。

『私はもういい歳になってしまったから、里親をできるのも、もうあと一人くらいが限界かなと思っていたの。でも、最後なのだとしたら、本当のお母さんになってみたいなと思ってしまって……あなたさえ良かったら、私をお母さんにしてくれないかしら？』

幼い真麻にはよく分からない話だったが、最初に会った時から、この人がお母さんだったらいいなと思っていた。だから頷くと、波瑠緒は涙ぐんで抱き締めてくれた。

真麻を引き取った時、波瑠緒はすでに還暦を過ぎていたため、親子というより、祖母と孫のような関係だったのかもしれない。だが、真麻にとって母と呼べるのは、今でも彼女一人だ。

幼稚園から高校まで、豊かではないけれど、母親の愛情に包まれた――幸福を絵に描いたような暮らしをさせてもらった。

（お母さんとの暮らしは、本当に幸せだった……）

過去形で思い返す理由は、真麻が高校三年生の時に、波瑠緒が病気で亡くなってしまったからだ。持病の悪化が原因だった。幸いだったのは、闘病で苦しむことがなく、眠るように逝《い》けたことだろうか。

再び天涯孤独になってしまった真麻は、大学進学を諦めようとしたのだが、担任教師から給付型の奨学金制度があると言われ、「まあ運試しに」と応募したところ、なんと支援を受けられることになった。

大学進学も可能となり、聡子たちという良き学友たちにも恵まれ、楽しく有意義な青春を過ごすことができた。さらに卒業後にはあの大手デベロッパーである沢渡《さわたり》グループの会社に入社することができ、最初こそ悲惨ではあったが、順風満帆《じゅんぷうまんぱん》の人生を送っているのではと自負している。

（思えば、ちーくんとの出会いから、私の人生は幸運続きだったんだよね。ちーくんは私の福の神様だったのかもしれない……）

真麻にとって、恩人でもあり、初恋の人でもあったのだと思う。

会えなくなってからも、ずっとずっと、彼のことを恋しいと思う気持ちはなくならなかった。

中学生になったぐらいの頃に、ちーくんに会ってお礼を言いたいと思うようになり、ちーくんのことを探してみたことがあった。まず施設を訪ねて彼の素性を訊ねてみたが、施設のスタッフは一様に首を傾《かし》げた。

『確かにあなたに会いに来ていた少年がいたのを覚えてはいるけれど、彼の名前を誰も知らないのよ。とても身なりが良かったし、お付きの人が必ずついていたから、良い所のご子息だったんでしょうけれど……』

誰も知らないなんて、そんなことがあるのかと驚いたが、もしかしたらちーくんの事情で、個人情報を漏《も》らせなかったのかもしれない。真麻自身は覚えていなかったが、彼はどうやら上流階級の人のようだったし、自分たちのような一般人には分からない理由があったのだろう。

そう思ってそれ以上詮索するのをやめたが、胸の底では彼にもう一度会いたいという気持ちを消せないでいた。

（いつか、あなたに会えるかしら、ちーくん……）

会えたら、お礼を言って、自分は今幸せだと伝えるのだ。

真麻は目を閉じて、叶《かな》うかどうか分からないその夢を噛《か》み締めたのだった。

＊＊＊

「ん〜〜っ、やっと終わったぁ……」

真麻は会社のデスクで大きく伸びをしながら、やれやれと息をついた。

パソコンの時刻を見ると、もう夜の九時を過ぎている。

今日は教育担当をしている新人くんのミスをリカバリーせねばならず、自分の業務が滞《とどこお》ってしまったため残業になったのだ。この会社では、入社三年目から新人教育を担当させられるのだ。

（まあ、仕方ないよねぇ。私も新人の頃はいっぱいミスして先輩に迷惑かけたし……）

とはいえ、真麻にとっても教育係は初めての経験で、教えることの難しさを痛感しているところだ。ちゃんと指導してあげなくてはいけないという責任感から、つい新人くんの仕事ばかりを見てしまい、自分のやらねばならないことが疎《おろそ》かになってしまった。

（ああ、ダメダメ。こんなんじゃ、村井《むらい》くんに指導するなんて烏滸《おこ》がましいわ。しっかりしなくちゃ）

自分で自分を叱咤《しった》しつつ、真麻はパソコンの電源を落とす。

会社のビルを出ると、アスファルトが冷めた時に出る、こもったような独特の匂いが外気に漂っている。

残暑が厳しいとはいえ十月ともなると、夜の風は少し涼しく心地好かった。

（……ご飯、どこかで食べて帰ろうかなぁ）

今からスーパーに寄って買い物をして、帰宅して食事の支度をすることを考えると、少々うんざりしてしまう。食べ物にありつくまでが果てしなく遠く感じるのは気のせいではないだろう。

真麻は波瑠緒と共に暮らした古い一軒家にまだ住んでいる。自宅は都内ではあるが二十三区外なので、帰宅までには少々時間がかかるのだ。普段はなるべく節約のために自炊しているのだが、今日は残業を頑張ったご褒美ということで、外食をしてもいいのではないか。

(終電まではまだ時間があるし、そうしよう！)

決めた途端、足が軽くなる気がするから、人間とはゲンキンなものである。

(じゃあ、前から気になっていたあの中華のお店に行ってみよう)

会社の近くのテナントビルの中のお店が最近変わり、ラーメン屋さんから少し小洒落《こじゃれ》たヌーベルシノワのお店になったのだ。ランチで利用した先輩が美味しかったと言っていた。

駅へ向かっていた足を翻《ひるがえ》し、そのお店へ向かおうとした真麻は、ドンッという衝撃を肩に受ける。

「えっ……」

誰かにぶつかられたのだろうかと思った瞬間、羽交い締めにされて手で口を塞《ふさ》がれた。

突然のことに、頭が真っ白になる。だが、すぐに自分が襲われかけているのだと気がついて、全身からドッと冷や汗が湧いた。

「――ッ!?　んんッ！　んんぅうううッ!!」

必死で自分を拘束する腕をもぎ放そうとしたが、相手は男性らしく力が強くてビクともしない。

そのまま引きずられるようにして、付近の建物に連れ込まれた。

（え⁉　何⁉　なんなの⁉）

恐怖と焦りで混乱する中、真麻はなんとか男から逃れようとがむしゃらに手足をバタつかせる。ほんの少しでいい、逃げる隙を作らなくては――そう祈るように振り回した腕が男の顎に当たり、男が唸り声を上げて拘束を緩めた。

（――今よ！）

真麻は口を開いて男の手に思い切り噛みついてやる。

「うわあああッ！」

男が悲鳴を上げて手を離したので、その隙に駆け出した真麻は、だが髪を掴《つか》まれてその場に引き倒されてしまった。

「きゃあっ！」

腰や背中をしたたかに打ち付けて、痛みに一瞬息が詰まる。

だがその痛みを堪《こら》える暇もなく、男が自分の上に馬乗りになって首を掴んできた。

真麻はこの時初めて男の顔を見たのだが、ギョッとして息を呑《の》んでしまった。

男の表情は、常軌を逸していた。目は血走って見開かれ、黒目の中心の瞳孔は散大して真っ黒になっていた。息はゼイゼイと音がするほど荒く、口から涎《よだれ》をダラダラと流して、どう見ても尋常ではない状態であることが見て取れた。

「な、何⁉　あなた、病気か何かなんですか⁉　具合が悪いなら、救急車を呼ぶから――」

言いながら、自分の上から男をどかそうとした真麻は、男の服を見てまたギョッとなった。

男は立派なスーツを着ていて、そのフラワーホールには真麻の勤める沢渡グループの社章が付けられていたのだ。

「う、うちの会社の人⁉　どうして私を――」

パニックになりつつも状況を把握しようと口を開いたその時、男がクワッと大きく口を開けた。その中に白い犬歯が大きく尖っているのを見て、真麻は呆然《ぼうぜん》とする。

(なに、その歯……。まるで、犬か、吸血鬼みたいな……)

そんなくだらない感想を抱いた瞬間、思い切り首に噛みつかれた。

「きゃあああああ！」

真麻は喉が破れるほどの声で悲鳴を上げた。

(痛い！　痛い痛い痛い！　なんなの⁉　人に噛みつかれてる⁉　どうして⁉)

まるでいつか観たゾンビ映画みたいな状況だ。映画なら良かった。あれは単なる演技だから、噛みつかれている女優も痛くはなかっただろう。だが自分は違う。本当に、獣《けもの》のように噛みつかれていた。男はまるで真麻の首を本当に食い千切ろうとしているかのように、顎に力を込めているのが分かった。

（まさか本当に食べようとしてる……!?）

ゾッと血の気が引いて、真麻は恐怖から萎《な》えそうになる体を叱咤し、腹に力を込めて声を振り絞った。

「やめて！　誰か、誰か助けてぇええッ！」

真麻の絶叫に、応える者があった。

「何をしているッ！」

低い恫喝《どうかつ》の声と同時に、真麻に覆い被さっていた男が「ギャンッ！」と犬のような叫《さけ》び声を上げて、真横に吹っ飛んだ。どうやら鳩尾《みぞおち》めがけて蹴《け》り飛ばされたらしく、口から泡を吹いている。白目を剥《む》いているから、気を失っているようだ。

（……あ、た、助かった、の……？）

重かった男の体が自分の上から消え、真麻はガクガクと震える四肢を引き寄せながら、救世主を見上げる。

そこには大柄な美丈夫が、怒りの形相で仁王立ちで真麻を襲った男を睨《にら》み下ろしていた。手脚が長く、仕立ての良さそうなスーツを通しても、その鍛えられた体躯《たいく》が分かる。

（……え、こ、この人……！）

精悍《せいかん》な輪郭に、高く筋の通った鼻、凛々《りり》しい眉、形の良い唇、そして色素の薄い飴色の瞳。

ハリウッド俳優もかくやとばかりに整った、その美しい顔には見覚えがあった。

入社式でその姿を見た時、こんな人が日本にもいるんだなと見惚《みと》れたものだ。

(しゃ、社長……⁉)

沢渡グループの御曹司にして、真麻の勤める沢渡トラストの社長——沢渡千早《ちはや》、その人だった。

(社長が、どうしてここに……⁉)

唖然《あぜん》と見上げていると、千早がこちらを振り返った。

彼は一瞬何かに気づいたように美しい顔をグッと顰《しか》めたが、すぐに真顔に戻り、スーツのポケットからハンカチを取り出し手渡してきた。

「大変だ。これを……」

「え?」

「首から血が……」

「あっ……!」

そういえば男に噛みつかれたのだと思い出した途端、ズキズキとそこが痛み始めた。アドレナリンで麻痺していた痛覚が戻ってきたようだ。

「ありがとうございます……」

礼を言ってハンカチを受け取って首に当てていると、いきなり千早が目の前でガクリと崩れ落ちた。

「え、ええええッ⁉」

今日何度目になるか分からない仰天をしながら、真麻はあたふたと千早の様子を確認する。すると彼はゼイゼイと荒い呼吸を繰り返していた。額には脂汗が浮かび、何かを堪えるように歯を食いしばっている。

「ど、どうしたんですか⁉」

「クッ……、君、はっ……はぁッ、この匂い、甘い……クソッ、とう、みつこうッ……だ、なんて……ッ！」

「えっ⁉　なんですか？　ごめんなさい、よく聞こえなくて……！」

社長は大きな体を丸め、自分の体を抱き締めるようにして苦しさに耐えているようだ。だがその体勢のせいで、彼が何を言っているのかよく聞き取れない。

(え、え、どうしよう？　どうしたらいいの？　救急車呼ぶ⁉)

真麻は泣きたくなった。

見知らぬ男に襲われて、自社の社長に助けてもらったかと思ったら、今度はその社長が目の前で苦しみ始めた。どうなっているのか。もう何が何やら分からない。だがさっきの男もどう考えても病気のようだったし、社長も明らかに体調が悪そうだ。世の中の人たちは、みんな奇妙な持病を抱えているものなのか。大変だな、若いのに。

(ばかなこと考えてる場合じゃない！　今はそれどころじゃないでしょ、私！)

パニックを起こしつつ、真麻は心の中で自分にツッコミを入れた。そして放り出されてしまっていた自分のバッグを引き寄せると、その中から水の入ったペットボトルを取り出す。

「しゃ、社長、すみません、これお水……！　私の飲みかけで申し訳ないんですが……！」

彼の病がどんなもので、水を飲ませていいのかも分からないが、具合が悪い時には水が欲しいものである。とりあえず勧めてみたのだが、千早はハッとしたようにその水を見ると、ガッとそれを奪って蓋《ふた》を取って勢いよくゴクゴクと飲み始めた。

(あ……、やっぱりお水欲しかったのね……。だとすれば、もしかしたら熱中症にでもなっていたのかもしれないな。水を持っていて良かった……)

ただの熱中症にしては、なんだか崩れ落ち方が突然だったけれど、熱中症を起こしていても自覚がないパターンも多いと聞いたことがあるから、今回もそれだったのかもしれない。

もう秋とはいえ、まだまだ暑いからな、などと一人で納得していると、水を飲み干した千早がやや呆然とした表情で呟《つぶや》く。

「……食衝動が和らいだ……。……やっぱりそうか。ならば……」

よく分からない内容だったが、自分には関係ないこととして聞いていた真麻は、彼が真っ直《す》ぐにこちらを見つめてきたので、ちょっとたじろいでしまった。

凝視するには、社長の美貌はあまりにも度が過ぎるのだ。

「あ、あの……？」

狼狽《うろた》えて首を傾げる真麻に、千早は真剣な表情のまま体を起こして、真麻の肩に手を置いた。

「すまない。苦情は後で受け付ける。だから、今は俺を助けると思って受け入れてくれ」

「え……受け入れるって……」

意味が分からず目を瞬《またた》いていると、ぐいっと引き寄せられて視界が揺れる。

（――えっ……？）

目が眩《くら》むと思っていた千早の美貌が至近距離に迫り、唇に柔らかいものが押し当てられた。

（は？　え？　何？）

真麻は頭の中が真っ白になった。

入社して三年になるが、遠くからしか見たことがない社長の御尊顔《ごそんがん》がゼロ距離にあって、彼の唇に自分の口が塞がれている。

これは一体どういう状況なのか。

（……？　…………？　キス、よね？　これ。私、キス、されてる……？　社長に？　なんで？）

全くもって理解不能である。これはいわゆるセクハラというやつなのだろうか。

（待って。だって社長なら、わざわざ私みたいなの選ばなくても、よりどりみどりでしょう？　それこそ女優さんだろうがモデルさんだろうが、社長の隣に立ちたい女性は山ほどいるのに、なんで……？　あ、もしかして、これ、夢かも……？）

あまりの出来事に、これを現実だと脳が理解しなかった。

だが夢かもしれないと思った瞬間、ぬるりとしたものが歯列を割って口内に侵入してくる。

二十五年間の人生で、一度も男女交際をしたことのない真麻にとって、キスも初めてならばディープキスも初めてである。得体の知れない物の侵入に、ビクッと体を竦《すく》ませて逃げようとすると、後頭部を押さえられて、さらに深く侵入された。

「んっ、んぅううう！」

パンパンと社長の背中を叩《たた》いたが、彼は一向に腕を緩めてはくれず、それどころか息ができないほど強く抱きすくめられて貪《むさぼ》られる。

分厚く熱い舌に絡み付かれ、啜《すす》り上げられ、真麻は眩暈《めまい》がした。

千早の容赦ない動きに、逃げることも合わせることもできず、ただひたすらに蹂躙《じゅうりん》されていく。

（――――いき、できない……、くるし……）

吐《は》き出した呼気さえも奪われて、真麻の視界が白く霞《かす》んだ。

（あ、私、死ぬかも……）

思えば、今日はなんという厄日だったのだろう。

新人のミスの尻拭《ぬぐ》いをして、そのせいで残業になり、変な男に襲われて首に噛みつかれたかと思ったら、今度は自社の社長にセクハラをかまされている。

(――厄払いに行かなくちゃ……)

眼裏《がんり》に瞬く青白い光を見ながら最後にそう思うと、真麻はあっさりと意識を手放したのだった。

＊＊＊

甘い。他者の唾液を甘いと感じたのは、これが初めてだった。

甘ったるい甘さではなく、清涼感のある芳《かぐわ》しい甘さだ。極上の日本酒の甘さと言えばいいだろうか。

(――まだだ。もっと、もっと欲しい……)

その甘い唾液を啜っているうちに、自分の理性を覆い尽くしてしまわんばかりだった暴力的な食欲が、水を打たれた熱鉄《ねってつ》のように治まっていく。

それがひどく心地好くて、千早はうっとりとしながら甘い口の中を貪った。

甘美という言葉は、この味のためにある——そんな世迷《よま》い言《ごと》を思っていると、抱き締めていた腕の中で華奢《きゃしゃ》な体がガクリと脱力する。彼女の全体重が自分の腕にかかり、千早は慌てて四肢に力を込めてその嫋《たお》やかな体を抱きとめた。

「……しまった、やりすぎた」

夢中で貪ってしまい、彼女の状態に気がつかなかった。

おそらく千早が無我夢中だったせいで、息をする隙を与えてもらえず、酸欠に陥《おちい》ってしまったのだろう。ぐったりと目を閉じている顔を見ると申し訳なさが込み上げたが、それ以上に爽快感が強かった。

（——体中に力が漲《みなぎ》っている気がする……）

五感が冴《さ》え渡り、体幹に太くしなやかな芯を入れられたような感覚だった。心なしか、視界もいつもよりクリアだ。

（今なら空も飛べる気がするな……）

もちろん、いくら千早がまほらであるからといって、鳥でもあるまいし飛べるわけがないのだが、不可能なことも可能にできそうなほどの万能感が、自分の身の内に漲っているのが分かった。

（なんだろう、この感じ……）

経験したことのない不可思議な感覚にやや呆然としながら、腕の中の女性の顔を見下ろす。

彼女――田丸真麻は苦悶《くもん》の表情を浮かべて気を失っていた。

すっかり大人の顔になったが、目元や口元に幼い頃の彼女の面影が残っていて、千早は思わず口元を緩める。

『ちーくん！』

施設に顔を見に行った時、自分を見つけると満面の笑みで飛びついてきた。

あの頃の小さな彼女を思い出し、千早の胸が軋《きし》んだ。

真麻は、全身で千早のことが大好きだと言ってくれた。あんなふうに心の底から愛情を向けられたのは、後にも先にも彼女だけだった。人を疑うことを知らない幼児《おさなご》だったからだと分かっているが、それでも彼女からの愛情は、千早にとってずっと特別だった。

「大きくなったなぁ……」

思わず年寄りのようなことを呟きながら、真麻の額にかかっている髪をそっと後ろに撫《な》でつける。

千早は父に忠告されて以来、真麻に会いにいくことはやめたけれど、実はこっそりと彼女を見守り続けていた。真麻に良い保護者をと、波瑠緒を選んで縁組できるように手を回したり、真麻が進学できるよう沢渡グループの運営する奨学金制度の枠を増やしたりと、見えない方法で彼女を支援していたのだ。

まあそんなことをしていれば、父にバレないわけがない。だが千早が直接関わっているわけではないので、許容範囲だったのだろう。咎《とが》められることはなかったが、「当人に気づかれるなよ」と釘《くぎ》は刺された。自分が支援していることを、真麻に悟られないようにしろという意味だろう。

『まほら』という存在の詳細を知る人間は、ごく一部の限られた者――まほらの伴侶となる者であったり、仕事の片腕となる人物であったりと、そのまほらにとって欠かせないほど重要で、かつ信頼のおける者だけである。伴侶となった人間にもまほらのことを知らせない者も少なくない。

そこまで慎重になるのは、やはりかつてまほらが人喰《く》いをしていたという事実があるためだ。下手をすれば、まほらと人間の間に軋轢《あつれき》と対立を生んでしまうだろう。人間に溶け込んで生きる道を選んだ以上、それはまほらという生物にとって必ず避《さ》けなくてはいけない。

だから、父が真麻に執着を見せる千早を心配するのも無理からぬことだ。

(……まあ、真麻は俺のことなんか覚えていないだろうから、無用な心配だと思うけど)

千早は気を失った真麻を抱き上げて立ち上がりながら、自嘲めいた笑みを漏《も》らした。

なにしろ、彼女はとても幼かった。三歳やそこらの記憶が残っている方が稀《まれ》だろうし、真麻にとっては、千早の記憶は母親に放置されていた辛《つら》い記憶と重なってしまうものだ。思い出さない方がいいに決まっている。

だから、それで構わない。

どうして真麻に対してそこまで執着するのか、千早自身もよく分からない。庇護《ひご》欲と言われればそれまでなのだろう。真麻を拾ったあの時、自分の中に存在するとも思っていなかった、『誰かを守りたい』という強い思いが芽生えたのは確かだ。

陰からでもいい。彼女に気づいてもらえなくてもいい。

(君が幸せであることを確認できれば……見守り続けることができればそれでいいと思っていたのに)

結局、こうして再び接触することになってしまった。

(――だがそれも仕方ない。まさか真麻が〝桃蜜香《とうみつこう》〟だったなんて……)

自分が見守り続けた娘が、よりにもよって、まほらから理性を奪い、人喰いの化け物にしてしまう恐ろしい存在だったなんて、悪夢のような話だ。

襲われている真麻を見つけたのは、偶然ではなかった。

千早の会社は残業をする際には届けを出さなくてはならないシステムだ。それによって今日真麻が残業をしていることを知ったため、部下に彼女の様子を見に行かせていた。『あまり遅くならないよう、早めに切り上げろと促せ』と命じたのだが、その部下がいつまで経っても帰ってこないので、訝《いぶか》しく思い探しに出たところ、真麻を襲っている部下の姿を見つけたのだ。

明らかに常軌を逸した様子に驚いたが、真麻に駆け寄って理解した。

甘く濃厚な、脳髄が蕩《とろ》けるような芳香に、全身の皮膚《ひふ》が粟立《あわだ》つ。その匂いを嗅《か》いだ瞬間、『桃蜜香だ』と分かった。嫋やかで美しいと感じるほどの芳しさなのに、まほらの本能を目醒《ざ》めさせ、理性を殴りつけてしまうほど暴力的でもあった。喉が干からび、四肢が戦慄《わなな》く。背筋には冷や汗が幾筋も伝い下り、心臓は全力疾走した後のように早鐘を打っていた。猛烈な欲望に白くなりかける頭を、歯を食いしばって堪《た》えた。

食べたい。齧《かじ》り付きたい。あの柔らかく白い皮膚を食い千切り、甘い血の滴る肉を貪りたい──怒涛《どとう》のように押し寄せる欲求に、なす術《すべ》もなく息を呑んだ。

千早が桃蜜香に出会ったのは、これが初めてだ。あの姉が耐えられなかったくらいだ。すごい誘引力があるだろうと予想はしていた。

(だが、これほどとは……ッ！)

姉の事件以来、千早は誰よりも自分を律してきた。桃蜜香の誘引する食衝動を克服することが、千早の生涯の目標だったからだ。

まほらは必ず人喰いの因果から抜け出せる──否《いな》、抜け出さなくてはならない。

姉を喪《うしな》った時に、千早はそう思った。

だから、桃蜜香について幾度も考察した。

なぜ桃蜜香という者が存在するのか。

そしてまほらが桃蜜香に出会ったとして、食べずに済む方法はあるのかと考えた。そう考えたのは、姉が恋人と幸福になったかもしれない未来を、夢想したかったからかもしれない。

仮説はいくらでも出てきたが、それを立証する方法がなかった。肝心の桃蜜香がいないからだ。ただでさえ稀少な存在である上、見つかったと思えば、すぐにまほらに食べられてしまうのだ。生き残った桃蜜香は、未だ一人もいないと言われている。研究しようにもできないのだ。

(――仮説をいくつも立てていたことは無駄ではなかった)

なぜなら、咄嗟《とっさ》の際に、その仮説をもとに行動することができたからだ。

『しゃ、社長、すみません、これお水……！　私の飲みかけで申し訳ないんですが……！』

彼女がそう言ってペットボトルを差し出してきた時、脳裏にこれまで考え続けた仮説が甦《よみがえ》った。

〝桃蜜香の肉を食べたいという衝動ならば、桃蜜香の体液でもいいのでは？〟

桃蜜香の香りに狂い理性を失ったまほらは、桃蜜香の血肉を呑み込んだ後、その理性を取り戻す。

姉もまた、恋人を喰い殺した後正気に戻り、己の罪に泣き叫んだと言う。

桃蜜香の血肉を摂取することでこの食衝動が治まるのであれば、血や肉といったものではなく、唾液や汗といった体液でも治めることができるのではないか。

仮説にすぎないが、いつか桃蜜香が出現したら、試してみたいとずっと考えていた。

(桃蜜香の唾液ならば、もしかして——！)

飲みかけだというなら、わずかであっても彼女の唾液が含まれているはずだ。

藁《わら》にも縋《すが》る思いで、千早は差し出されたペットボトルを一気に呷《あお》った。

するとほんのりと、だが確かな甘みがあって、採れたての果実を絞った時のような香りを感じた。明らかにただの水には感じない味と匂いに、千早は「やはり」と心の中でガッツポーズをする。

水を飲み終えた時には、自分の中であれほど凶暴に荒れ狂っていた食衝動が和らいでいた。

(やはり、この仮説は正しかった！)

桃蜜香の唾液でも、食衝動は治るのだ。

そう確信した千早は、少しの和らぎをみせても、なお暴れようとする食衝動を抑えるために、真麻にキスをした。本来ならば承諾を得てからするべきだろうが、なにしろ緊急事態だ。彼女を喰い殺してしまう前に、この衝動を治めなくては。

想定通り、真麻の唾液を十分に摂取した結果、千早の中の食衝動はひとまずの治りを見せた。

(それどころか、体中に力が漲っている気がする……)

空を飛べるような気がする、と先ほど思ったが、それくらい体が軽く、思考がクリアだ。

明らかに普段とは違う体の状態に、千早は腕の中の真麻を見つめた。

(これも桃蜜香の体液の効能だとすれば……)

桃蜜香とまほらの因果関係が解明できるかもしれない。

だとすれば、千早の悲願は、真麻によって叶えられるかもしれないのだ。

「……さっきは悪夢だと思ったが、もしかしたらこれは、最高の運命なのかもしれないな」

そう呟くと、千早は真麻を抱えて歩き出したのだった。

第二章　紫白《しはく》

『まぁちゃん』

優しいボーイソプラノが聞こえて、真麻《まあさ》は振り返った。

そこにはきれいな男の子が立っている。丁寧に整えられた黒髪に、スラリと伸びた手脚はしなやかで、お人形のように整った顔には、優しい笑顔が浮かんでいた。

（――ああ、ちーくんだ）

大好きなちーくん。真麻の人生は、彼から始まったと言っても過言じゃない。

ちーくんが真麻に気づいてくれたから、真麻の世界は色を帯びた。真麻に世界を取り戻してくれた、大切で、宝物のような恩人なのだ。

幼い真麻は、ちーくんの姿を見た瞬間、ご主人様を見つけた仔犬《こいぬ》のように、彼の元へ駆け出した。

ちーくんが大好きだった。毎日、毎日、ちーくんが会いに来てくれるのを待っていた。ちーくんだけが、真麻の光だったから。

駆け寄ってきた真麻を、ちーくんが笑いながら抱き上げてくれる。

その腕は、まだ細く華奢《きやしや》だ。

当たり前だ。自分もとても幼かったけれど、彼とてまだ声変わりもしていない子どもでしかなかったのだから。

『ちーくん、ちーくん、だぁいすきっ』

真麻は彼の首にしがみついて、祈るようにしてそう言った。

そうしたら、ちーくんは次も来てくれるから。

真麻はいつだって……毎日でもちーくんに会いたいのだと伝えたかったけれど、幼すぎてそれを言葉にできなかった。その代わりに、彼のことが大好きだと伝えた。それが真麻にとって精一杯の愛情表現と、自分の望みの主張だったのだ。

『僕も、まぁちゃんが大好きだよ』

真麻の言葉に、ちーくんは決まってそう答えてくれた。

嬉《うれ》しくて嬉しくて、真麻はちーくんにしがみつく。離れたくない。ずっと一緒にいたい。ちーくんの傍《そば》が、一番安全で幸せな場所だ。ちーくんが真麻に、楽しい気持ちや嬉しい気持ちを教えてくれた、初めての人なのだから。

（どこにも行かないで、ちーくん。ずっと、真麻の傍にいて）

そう祈りながら、真麻はそれが叶《かな》わないことを知っている。

（――だってこれは夢だもの）

真麻は同じ夢を何度も見てきた。ちーくんと過ごした幸福な思い出を、夢に見ることでその幸福を反芻《はんすう》しているのかもしれない。

けれど、何度繰り返したか分からない過去の記憶の中の幸福は、繰り返しすぎてすっかり摩耗し、もうちーくんの顔の輪郭も朧《おぼろ》げになってしまった。

（……それでも、あなたに会いたいよ、ちーくん）

会って、お礼を言いたい。

あの時自分を拾ってくれてありがとう、と。

あなたが掬《すく》い上げてくれたから、自分は今こうして生きていられるのだと。


「……ちーくん……」

半分夢の中で微睡《まどろ》みつつ、自分が漏《も》らした寝言の声に、意識が次第に覚醒する。

またあの夢を見ていたのだと思いつつ、ゆっくりと瞼《まぶた》を開くと、目の前に見えたのは、こちらを心配そうな表情で見下ろす美しい男性の顔だった。

この美貌には見覚えがある。

「――ッ⁉　えっ、しゃ、社長⁉」

仰天して悲鳴のような声を上げた真麻は、社長の美貌の奥にある光景にさらに驚いて絶句する。

高い天井に高級そうな壁紙、そして凝った造りのペンダントライト――明らかに自分の家ではない。咄嗟《とっさ》に起き上がって周囲を見回すと、置かれているインテリアも、なんなら寝かされているキングサイズはあるかという大きなベッドも、雑誌でしか見たことのないような、おそらくとんでもないお値段のするやつだ。

「こ、ここどこ⁉　えっ、何⁉　私、どうしてこんなところにいるの⁉」

目が覚めたら、勤め先の社長だけどほぼ知らない人がいて、見たことのない場所にいた。もしかしてまだ目が覚めていないのだろうか。

盛大にパニックを起こしていると、低い艶《つや》やかな美声が聞こえた。

「落ち着いて、田丸《たまる》真麻さん」

「――っ」

フルネームを呼ばれ、真麻は思わず居住まいを正す。なにしろ、自分の雇用主だ。混乱していても、上司に失礼をしてはならないという悲しき社畜根性である。

「す、すみません、社長……」

わけが分からないながらも謝ると、社長はフッと相好を崩した。

（うっ……イケメンの笑顔、攻撃力が高い……！）

顔面が強い人に微笑《ほほえ》みかけられると、いろんな理性が消失しそうになるのはなぜなのだろうか。

「嬉しいな。俺のことを知っていてくれたのか」

「そ、それは……あの、社長ですから……」

嬉しそうに言われて、真麻はたじろぎながら頷《うなず》く。

（……あれ、っていうか、社長、なんで私の名前を……？）

沢渡《さわたり》トラストは国内有数のデベロッパーだし、幾十を超える部門があるし、何十万人という社員がいる。株主総会を除けば、社長はその頂点に鎮座するお方なわけで、総務人事部の一平《ひら》社員である真麻のことを認知しているわけがない。

「じゃあ俺の名前も覚えている？」

「えっ、はい、もちろんです。沢渡千早《ちはや》、様……ですよね」

社員が社長の名前を知らなかったらまずいだろう。敬称をなんとつければいいか分からず、とりあえず『様』をつけたが、社長は少し眉を寄せた。お気に召さなかったらしい。

「千早でいいよ」

「えっ!?　そういうわけにはまいりません！」

真麻は真顔で却下した。

社長を呼び捨てにできるか。しかも名字ではなく名前呼びとか、普通に部長に首を絞められそうである。真麻の所属する総務人事部の部長は五十代の優しいおじ様だが、礼儀には厳しいのだ。蒼白な笑顔で真麻の首を絞めにくる姿が目に浮かぶ。

するど社長は悲しそうな表情になった。

「残念だな」

意味が分からない。なぜ社長が自分に名前で呼ばれたいのだろうか。

真麻は混乱を深めながらも、今の状況を把握するために口を開く。

「あの、大変申し訳ないのですが、私はその……多分、記憶がなくて……。ここはどこなのか、私はなぜここいるのか、教えて……」

そう言っている最中に、ちくりとした痛みを首元に感じて、無意識に手をやった。

（……？　あれ、なんか貼ってある……？）

何か大きな絆創膏《ばんそうこう》のような物が、自分の首に貼り付けてある感触がして、驚いてその場所を指でグッと押さえる。

するとズキッと鋭《するど》い疼痛《とうつう》が走り、真麻の脳裏に男に襲われた時の記憶が一気に甦《よみがえ》った。

「——ッ、あっ、私、あの男の人に……っ！」

会社の建物を出たあたりで急に襲われ、首に噛《か》みつかれたのだ。

自分を襲ってきた男の、常軌を逸した目の色や、荒い呼吸、乱暴に組み敷かれる恐ろしさがまざまざと甦り、全身からドッと冷や汗が湧いてきた。

両腕で自分を抱き締め、ハァハァと浅く早い息を吐《は》いていると、温かい手にそっと頬を包まれる。驚く余裕もなく、視線だけを上げてそちらを見ると、色素の薄い透明な瞳があった。

「真麻、俺を見て」

（——飴《あめ》色の目……）

日本人には珍しい、濃い茶色ではなく、透き通った茶色の目。

その色を見た瞬間、真麻の胸の中に懐かしさと恋しさが広がっていく。

（……ちーくんと同じ色だ……）

この目の色が好きで、よくちーくんの顔を覗《のぞ》き込んだ。真麻のおでこが彼のおでことぶつかって、二人で笑い合った。その愛しい記憶に逆立っていた真麻の感情が和らぎ、鎮まっていく。

「君を襲ったあの男はいない。ここは安全だ。君は、俺が必ず守る」

きっぱりと宣言され、真麻はゆっくりと瞼《まぶた》を閉じる。根拠のない言葉だ。それなのになぜか、彼の言葉は信じられると思った。

(私、どうして社長にこんなに気を許しているのかしら……?)

彼に助けてもらったからだろうか。

だが雇い主とはいえ、ほぼ初対面の男性だ。仲の良い友達から『真麻は懐かない猫みたい』と揶揄《からか》われる程度には、警戒心が強い方だ。その自分がほとんど知らない男性を警戒しないのは、一体なぜなのか。

奇妙に思ったものの、とりあえず一旦《いったん》それを置いておくことにした。

「……取り乱してしまい、すみません。あの、もう大丈夫です」

冷静になれば、社長に自分の顔を掴《つか》まれている状態に、猛烈に恥ずかしさが込み上げてくる。

社長の手をそっと剥《は》がそうとすると、彼はすぐに手を離してくれた。

「すまない。嫌なことを思い出させたね」

「いえ、あの……社長が助けてくださったんですよね。ありがとうございました……」

甦った記憶を辿《たど》りながら礼を言ったが、すぐに彼にキスをされたことを思い出す。

顔にカッと血が上って、思わず自分の唇を隠すように手で覆《おお》っていると、それを見た社長が神妙な面持ちで頭を下げた。

「えっ、しゃ、社長？」

まさか社長に頭を下げられるとは思わず、真麻はギョッとしてしまう。

「申し訳なかった。緊急事態とはいえ、君の同意なくキスをしたことを謝らせてほしい」

「——き、緊急事態、ですか？」

確かに、なぜあの時急にキスをされたのか不思議だったのだ。社長が真麻のことが好きだったとは考え難いし、そもそも呑気《のんき》にキスをしているような状況ではなかった。

なるほど、何か理由があったのならば納得がいく。

そう思って社長の方を見ると、彼はこくりと頷《うなず》いた。

「今から説明することは、にわかには信じ難いと思う」

「え……」

「だが全て真実だから、まずは最後まで聞いてほしい」

奇妙な前置きに、真麻は少し驚いて目を瞬《またた》く。

信じ難いというのはどういう類《たぐい》の話なのだろうか。スピリチュアルな感じや宗教絡みだと怖いなと腰が引けてしまったが、社長の表情があまりにも真剣だったので逃げ出すわけにもいかず、仕方なく黙って頷いた。

社長の話を聞き終えて、真麻は口籠《ご》もった。

（……どうしよう、何を言えばいいのか分からない……）

なにしろ、話が荒唐《こうとう》無稽《むけい》すぎた。

『まほら』というものについては、聞いたことはある。コックリさんだとかツチノコだとか口裂け女だとかという、いわゆる都市伝説の類で、美しい容姿の人喰《く》いの妖怪のことだ。

子どもの頃に好きだった、『妖怪ウォーク！』という妖怪をテーマにした児童向けのアニメの中にも、「まほら」という人喰い妖怪が登場していたから覚えている。

（でもあくまでフィクションだし、そんなのが本当に存在してるなんて思ってなかったもの！）

しかも、目の前にいる社長も、真麻を襲った男性も、そのまほらだと言うではないか。

信じられるわけがない。

「……えーと、じゃあ、社長もあの男性も、人間ではなく〝まほら〟で、私はその〝まほら〟の好物である〝桃蜜香《とうみつこう》〟だから、食べられそうになったってことですか？」

真麻の要約に、社長がこくりと首肯した。

「そうだ」

「……えええ……」

真麻は呻《うめ》き声を上げながら額を押さえる。頭痛がしてきた。

そんな非現実的な話、信じられるわけがない――そう思うのに、真麻の首に付いた噛み痕《あと》が、これが現実だと突きつけてくるのだ。

「あの、〝まほら〟って、人に紛れて暮らしているんですよね？　じゃあその辺にウジャウジャいるってことで、私、これからずっと身の危険に晒《さら》されるってことですか？」

街中で突然襲われた時の恐怖を思い出し、真麻はゾッとしながら言った。

昔とは違い、今のまほらが食べるのは『桃蜜香』という、独特の匂いを発する人間だけなのだそうだが、なんとそれが真麻だというのだ。桃蜜香の匂いを嗅《か》ぐと、まほらは理性を失って野獣のように桃蜜香を食べずにはいられないのだとか。

（……確かに、あの時の男の人、唾液をダラダラ口から流してたし、目も据わっていたし、まるで獣《けもの》みたいだった……）

社長の話を丸ごと信じるのは難しいが、あの恐ろしい経験のせいで、「そんなの嘘《うそ》」と切り捨てることもできない。

青ざめ、ガタガタと震える真麻に、社長がきっぱりと言った。

「君のことは、俺が守る。絶対に誰にも手出しをさせない」

その真剣な表情に、真麻の心臓がドキッと音を立てた。

ただでさえ恐ろしいほど容姿が整っている美貌の人だ。そんな美しい男性に、「守る」と言われて、ドキドキしない女性がいるだろうか。

（……って、ドキドキしてる場合じゃないでしょ、私！）

なにしろ命の危機である。真麻は自分で自分を叱咤《しった》すると、社長の美貌を振り切るようにして反論する。

「ま、守るっておっしゃいますが、社長も〝まほら〟なんですよね？　ってことは、社長も私を食べるってことじゃないんですか？」

守ると言って油断させておいて、自分を食べるつもりなのではないだろうか。『妖怪ウォーク！』でも、人を騙して信用させておいて、後から悪さをしようとする妖怪はたくさんいた。

毛を逆立てた子猫のように警戒心をあらわにする真麻に、社長は「そのことだが」と掌《てのひら》をこちらに向けた。

「君に協力してもらいたいことがある」

「協力、ですか？」

話の流れが変わり、真麻は眉根を寄せる。

「君の言った通り、俺もまほらであり、桃蜜香である君の体臭に異常なまでの食欲を煽《あお》られた。だが、君の唾液を摂取することで、それが治ったんだ」

「――あ！　じゃあ、あの時のキスって……！」

「そう。君から受け取った水を飲んだ時に、暴力的なまでに強かった食衝動が和らいだんだ。あれは君の飲みかけで、君の唾液がわずかだが含まれていた。だから君の唾液には、まほらの食衝動を抑える効果があるのかもしれないと思い、君にキスをした」

なるほど、突然キスされたのはそういう理由からだったのか、と得心がいき、真麻はため息をついた。

真麻の体臭がまほらの『食衝動』を起こさせるのであれば、こうして傍にいて平気なはずがない。

(そういえば、助けてくれた時、社長、すごく具合が悪そうだったわ)

だから水を渡したのだが、あれは食衝動を抑えようとしていたせいだったのだ。

「じゃあ、社長は私の唾液を摂取しているから、今そんなふうに落ち着いていられるってことですか？」

「そういうことだ」

「でも、じゃあ最初から、桃蜜香の唾液と同じ成分の薬か何かを開発して、その食衝動を抑制するとか、何かこう、危険がないように予防できないんですか？」

言いながら、真麻は少し腹が立ってくる。まほらだかなんだか知らないが、いきなり人を襲って食べようとするなんて迷惑千万だ。食衝動だの匂いだの、こちらにしてみればどうでもいいし、そんな奴犯罪者でしかないので、犯罪衝動とやらを薬で抑えるなりなんなりしていただかないと困る、と思ってしまう。

「……桃蜜香という存在は、長い間まほらにとっても脅威であり謎だった。桃蜜香は数十年に一人現れると言われているほど稀少な存在な上に、突然出現する。それまでなんの香りもしなかった人間が、ある日突然、熟した果物のように芳香を放ち始める。その香りに当てられたまほらは、食衝動に冒《おか》されて野獣となってその桃蜜香を貪《むさぼ》り食ってしまうんだ。我々まほらの長い歴史の中でも、桃蜜香が生き残った例は一つもない。桃蜜香の香りが一体なんなのか、なぜそんな人間が突然現れるのか、全てが謎のままなんだ」

沈鬱《ちんうつ》な表情で説明されて、真麻はザッと血の気が引いた。

「え……じゃ、じゃあ、私が生き残っている唯一の桃蜜香……？」

桃蜜香が稀少な存在であるせいもあるだろうが、生存率がゼロパーセントなんて、あまりに過酷な運命すぎないだろうか。

「わ、私も喰い殺されちゃうってこと……？」

恐ろしい予感に涙が出そうになっていると、社長がグッと眉間に皺《しわ》を寄せ、「させない」と呟《つぶや》いた。

「さっきも言ったが、絶対にさせない。俺が必ず君を守る」

「で、でも……」

「だからそのために、君の体を調べさせてほしいんだ。君の唾液は、俺たちまほらの食衝動を抑制する。そのメカニズムを解明できれば、君が命を脅《おびや》かされることはなくなるし、まほらも人を襲わずに済む。桃蜜香を克服することは、俺たちまほらの悲願だ。……頼む。どうか、協力してほしい！」

社長は必死な表情でそう言うと、真麻に向かって頭を下げた。

彼に頭を下げられたのは、これで二回目だ。勤め先の社長に頭を下げられることなんて、そうそうない。それを一日で二回も経験してしまうなんて、今日はなんという日だろうか。

（……って、そもそも人に食べられそうになっている時点で、あり得ない経験をしてるんだけど……）

これが夢であってくれたらいいのに、と思いつつ、真麻はため息をついた。

「顔を上げてください、社長。私、協力しますから……」

真麻の返事に、社長がパッと顔を上げる。

「本当か？」

「……正直に言えば、まだ全部信じられたわけじゃないです。まほらだとか、桃蜜香だとか、現実味のない話ばかりで、まだ夢を見てるんじゃないかって思うくらいですけど。ただ、私が襲われて……食べられそうになったっていうのは、現実ですから」

言いながら、真麻は自分で自分を納得させていた。

社長の話には半信半疑ではあるが、またあんなことがあると思うと、怖くて外を歩けない。真麻としても、この状況のままでいるわけにはいかないのだ。

「私は食べられるわけにはいきません。生き残る方法を模索するとして、まずは社長に協力します」

背筋を伸ばしてそう言うと、社長はホッとしたように目元を和らげる。

「……そうか、良かった。ありがとう、真麻」

名前を呼ばれて、真麻はびっくりして社長の顔をまじまじと見てしまった。いくら雇用主とはいえ、名前を呼ぶのはおかしくはないだろうか。

真麻の驚いた顔に、社長はフッと困った者を見るような眼差《まなざ》しをした。

いや困った者はそっちですから、と憤慨《ふんがい》しかけた真麻だったが、彼の次のセリフに度肝を抜かれる。

「まぁちゃん、の方がいいかな？」

その愛称に、ドクンと心臓が鳴った。それは真麻の子どもの頃の愛称だ。亡くなった養母の波瑠緒《はるお》が使っていたけれど、真麻が小学生の頃には『真麻ちゃん』と呼ぶようになっていたので、もう随分とその愛称で呼ばれていなかった。

そしてもう一人、真麻の記憶でその愛称を使っている人がいた。

真麻は大きく見張った目で、改めて社長の顔を見る。

美しい男性だ。精悍《せいかん》な輪郭に、男性らしく凛々《りり》しい眉、高い鼻に、形の良い唇——当たり前だが成人男性の容貌の中に、あのお人形のようだった少年の面影はない。

だが、たった一つ、記憶と被るものがあった。

ビー玉のように透き通った、薄い色の——飴色の瞳だ。

「……嘘でしょ……。ちーくん、なの……？」

震える声で呟くと、社長はその美貌をくしゃりと歪《ゆが》ませて笑った。

「そうだよ。大きくなったね、まぁちゃん」

大きな感情が押し上げてくる。全てがごちゃ混ぜになった感情だ。

ずっとずっと、会いたいと思い続けてきた人だった。

会いたいけれど、会えなくて、諦めたつもりだけれど、心の底では諦められなかった。

真麻に世界をくれた人だ。

（……会えた。もう一度、あなたに会えた……！）

そう思った瞬間から、目の前の男性が自分の雇用主ではなく、『ちーくん』になった。会いたかった。会えない間、ずっと悲しかった。寂しかった。会えて嬉しい。本当に、嬉しい。

全部の感情が混じり合って、もう自分の中でどう処理すればいいのか分からない。

ただ、涙が込み上げた。ボロボロと溢《あふ》れる涙を拭いもせずに、真麻はじっとちーくんを見続けた。視界は水分で歪み、彼の輪郭を朧げにしてしまったけれど、それでも良かった。

声もなく震えながら泣く真麻を、ちーくんが腕を開いてそっと抱き締めてくれた。

温かい腕の中は広く大きく、昔の華奢な少年のものではなくなっていたけれど、真麻にはそれがちーくんだと分かった。あの頃と変わらない、丁寧な触れ方だったからだ。

(ちーくんはいつだって、私を壊れ物みたいに抱き上げたもの……)

他の大人とは違う抱っこに、真麻は誰よりも安心感を覚えたものだ。

「……あぃ、たかったよぅ、ちーくん……！」

しゃくり上げながらようやくそれだけを言うと、ちーくんは「うん」と囁《ささや》いた。

「やっぱり覚えててくれたんだな。さっき寝言でそう呼んでくれたから、もしかして、と思ったんだ」

そんな心外なことを言われて、真麻は泣き顔のままちーくんを睨《にら》み上げる。

「おぼっ、えてるに、決まってる……！　忘れるわけないのにっ……！」

憤慨して文句を言ったが、泣きながらなのであまり威力はなさそうだ。

それでもちーくんは困ったように微笑んだ。

「……うん。そうだよな。真麻が俺を忘れるわけないのに。……会いに行かなくってごめんな。俺もずっと傍にいたかったけど……、あの頃の俺はまだ弱くて、できなかった」

会いに来なくなった理由を曖昧《あいまい》に濁《にご》されたが、真麻とて分かっている。真麻も幼かったが彼とて同じで、当時はまだ小学生くらいだっただろう。子どもでしかなかった彼が、ずっと真麻の傍にいられるわけがない。

（……分かってる。いいの）

そう思って首を横に振ったが、ちーくんはそれをどう解釈したのか、力強く頷いた。

「だが、こうなった以上、俺はもう二度と君の傍を離れない。安心して、真麻」

飴色の瞳をきらりと光らせてそう言われ、真麻はその具体的な意味を理解しないまま頷き返す。

それをすぐに後悔することになるのだが、この時はただ、恋焦《こ》がれた恩人との再会の喜びに酔いしれていたのだった。

＊＊＊

車の後部座席でメールをチェックしていた千早は、眉間に深い皺を寄せながら、スマホをシートの上に放り投げた。

「全く、面倒なことだ」

忌々《いまいま》しく吐《は》き出したセリフに、運転席でハンドルを取っていた女性が声をかけてくる。

「朱鷺《とき》様はなんと？」

朱鷺とは千早の父の名前である。紫白《しはく》である沢渡の当主を名前で呼ぶことができるのは、同じ沢渡の名字を冠する者だけだ。つまりは沢渡の親族で、この女性もまた沢渡家の者で名前を沢渡小鶴《こづる》という。千早にとってはまた従姉妹《いとこ》に当たり、沢渡の次期当主である千早の補佐役の一人である。

「本家で紫白の五家が集まっているらしい。桃蜜香の処遇についての会議だそうだ」

うんざりした口調で答えると、小鶴は「それは仕方ないですよ」と苦笑した。

「なにしろ、生きた桃蜜香が保護されたのは、長いまほらの歴史の中でも初めてのことですから。快挙と言っていいでしょう。禁忌《きんき》を破りそうになった輩《やから》から桃蜜香を救い、その上桃蜜香の誘惑を退《しりぞ》けたなんて……さすがは千早様です！」

誇《ほこ》らしげに言う小鶴に、千早は苦い笑みが漏《も》れる。

自分のことでもないのにそんなに嬉しいだろうか、と呆《あき》れてしまうが、『主人の手柄は自分の手柄』という感覚なのかもしれない。

「大袈裟《おおげさ》だよ」

淡々と答える千早に、小鶴は不満そうに口を尖《とが》らせる。

「大袈裟なものですか！　千早様はいつも謙虚になさっておられますが、もっとご自分を評価なさっていいと思います！」

「評価ねぇ」

「そうです！　全て千早様の功績ですよ！　紫団《しだん》でも混血たちに交じって一から鍛錬を重ね、実力で紫団長の座を獲得されたじゃないですか！」

「俺は純血なんだから、混血より強くて当たり前だろう」

まほらの血が薄くなれば、人間より秀でていると言われるまほらの身体能力も屈強さも低下していく。純血である千早が混血より強いのは当然なのだ。

「それだけじゃありませんよ！　桃蜜香の文献を集めてその情報を整理し、桃蜜香の出現に備えた、初の対策マニュアルをお作りになったんですから！」

「これまでなかった方が問題だったんだよ」

千早に言わせれば、人喰いは御法度《ごはっと》だと定めておきながら、桃蜜香への対策をマニュアル化していなかったなんてどうかしている。禁忌だと言うのなら、それに備えた訓練をしなくてどうするのか。己の能力を過信しがちなまほららしい、と言えばそれまでだが、成功例がないのだから、己の無能をいい加減認めて学習すべきではないのか。『これだから年寄りどもは』と盛大に呆れたものだ。

「千早様はそうおっしゃいますが、それらの功績を評価され、沢渡家は予定よりも三年早く紫白の座に返り咲くことができたのですから、もっとご自分を褒《ほ》めていいと思いますよ？」

「別に褒められることなんかしてないさ。俺は身内の犯した罪を償うためにすべきことをしたまでだ」

千早の言葉に、小鶴はハッとしたように口を噤《つぐ》んだ。

二十年前の事件——千早の異母姉である蘇芳《すおう》が起こした、痛ましい事件のことを思い出したのだろう。

「……あの、申し訳ございません。蘇芳様のことを非難するつもりは……」

先ほどとは打って変わった沈鬱《ちんうつ》な声色で謝罪してくる小鶴に、千早はため息をつく。

小鶴は千早の二歳下で、親戚ということもあり、蘇芳にも可愛《かわい》がられていた。事件の後、蘇芳の葬儀で小鶴は大泣きをしていたから、姉を心から慕ってくれていたのは、千早も知っている。

「お前が姉を慕っていたことは分かっているよ。姉は禁忌を犯したくて犯したわけじゃない。

だからこそ、俺はまほらと桃蜜香の悲劇を止めなくてはならない。自分を褒めるのは、確実に終止符を打つことができた時だと思ってる。お前も、そのつもりでいてくれ」

静かに告げると、小鶴は「はい。分かりました」としっかりと頷いたのだった。


沢渡の本家に到着すると、すぐさま家令が出てきて千早を迎えた。

老齢のこの家令は父に仕えてきた者で、いつも冷静沈着な態度を崩さないことで有名なのだが、今日はなぜか狼狽《うろた》えた様子に見えた。

「皆様、すでに応接室にお待ちでございます」

「五家全てがお揃《そろ》いか」

「はい。あの……恐れ多くも、紫和《しわ》様も……」

「なんだと？」

驚いて千早は目を見開いた。

この家令が狼狽《ろうばい》するはずである。

紫和様とは、全てのまほらを総括する長《おさ》であり、いわばまほらの帝だ。

紫白家の当主、あるいは次期当主となる者しか目通りを許されないほどの存在が、配下の屋敷に現れるなんて、天変地異の前触れのような出来事である。

（……紫和様自らお出ましとはね）

どうやらまほらの帝にとっても、桃蜜香の出現は関心の深い出来事のようだ。

想定外ではあったが、千早にとっては好都合だ。

（俺が欲しいのは、桃蜜香に関する全ての権限だ）

真麻を他の人間に任せるなんてとんでもない。

ただでさえ、一度手を離してしまったことをずっと後悔していたのだ。再び手を取った以上、自分の傍から離すつもりはないし、この手で必ず守ってみせる。

そのためには、紫白の五家にそれを納得させる必要があった。

だが、五家の当主はいずれも老齢で、慎重さばかりを求めて物事の決定に時間を取る。

（その点、今代の紫和様は柔軟だ）

状況の変化への対応が臨機応変で、決断が素早い。

五家は紫和家への絶対的な忠誠があるため、紫和様が下した結論に異は唱えないだろう。

真麻の処遇を決める会議に紫和様が同席するのは、願ってもない機会だ。

（紫和様にさえ納得していただければいいのだから）

内心ほくそ笑みながら、千早は応接室の前に立った。

沢渡の本家の屋敷は洋館と和風の邸宅から成る、いわゆる古い時代の和洋折衷の住宅だ。洋館にも応接室はあるのだが、まほらの集まりでは和風の応接室が使われる。千早としては、ソファの方が座り心地が良いし過ごしやすいと思うのだが、どうにも老人たちには畳の方が良いらしい。

やれやれと思いつつ、襖《ふすま》の前で正座をし、中に向かって声をかける。

「千早です」

「――入れ」

中から父の声がして、千早はゆっくりと襖を開け、一礼をしてから顔を上げた。

応接室の中には、父を始めとした五家の当主たちがいて、こちらへ冷めた視線を向けている。

(大方、沢渡家《うち》が出し抜いたとでも思っているのだろう)

老人たちのこういう白々しい態度には慣れている。どうにも老人という生き物は、己の冷ややかな態度が年若い者への牽制《けんせい》になるとでも思っているらしい。実にくだらない。

舌打ちをしたい気持ちを抑え、老人たちよりさらに上座を確認すると、そこには柔和な微笑《ほほえ》みを浮かべた麗人が、ゆったりと脇息《きょうそく》に凭《もた》れながら胡座《あぐら》をかいていた。男性とも女性ともつかない中性的な美貌で、年齢も不詳だ。二十代に見えることもあれば、五十代にも見えることもある。

紫和家当主、紫和八隅《やすみ》である。

「やあ、久しいね、千早」

澄んだ声は美しいが、女性にしては低く、男性にしては高く、やはり中性的だ。

「ご無沙汰《ぶさた》しております無作法をお許しください。紫和様におかれましては、ご健勝でいらっしゃいますこと、何よりでございます」

声をかけられ、千早は手をついて頭を下げながら長い挨拶《あいさつ》を述べた。

すると八隅はカラカラと笑う。

「子どものくせに、相変わらず堅苦しいねぇ、お前は」

三十歳になった男を子ども扱いするこのお方は、一体何歳なのだろうかと思う。

（……俺が子どもの頃には、すでに紫和家当主の座に就いておられたはずだが……）

あの頃から姿形が全く変化していないのが怖いところだが、紫和家はそもそも謎が多い。まほらの中でも特別で、神のような扱いをされていて、紫和一族の家族構成や年齢などが公開されていないため、この八隅の年齢や性別すら分からないのだ。

（分かっているのは、紫和家のまほらに逆らってはいけないということだけ……）

まほらとして生まれた者は、紫和家に逆らうことができない。それがなぜなのか、具体的な理由は千早には分からないが、ただそういうものだと認識させられている。

（……もしかしたら、本当に〝神〟という存在なのかもしれない）

そう思ってしまうのは、八隅を前にすると、抗うことを許されない、そして否《いや》が応でも引き付けられる目に見えない力のようなものを感じるからだ。

不可思議なその力を忌々しく思う瞬間がないとは言わない。千早は純血で、能力の高いまほらだ。今世代では最強のまほらと呼ばれることもあるほどに。力のある者は他者から屈服させられることを厭《いと》うものだが、千早もまた同じだ。

だがこのお方の存在があるからこそ、自尊心が高く利己的な性質を持つまほらが、まとまることができているのだとも思う。

「痛み入ります」

如才ない返事をすると、八隅は「ふふ」と笑って、手にしていた扇子《せんす》をもう片方の掌にポンと打ち付けた。

「可愛げがないことだ。まあ、お前はそうでなくては面白くない。――さて、千早。桃蜜香を保護したって？　おまけに桃蜜香の誘惑に耐え切ったというじゃないか。やるねぇ。詳細を教えてくれるかな？」

「――は」

促され、千早は上体を起こして八隅を真っ直《す》ぐに見つめ、口を開く。

部下のまほらが女性を襲い、千早が気づいて阻止したこと。そして襲われた女性から得も言われぬ芳香が出ていて桃蜜香だと判明したこと、千早にも食衝動が湧き起こったが、彼女の唾液を摂取してそれを抑えたこと。その桃蜜香が自社の社員であったことから、そのまま彼女を保護したということを手短に説明すると、五家の当主の一人が言った。

「桃蜜香を無事に保護できたのは、大きな手柄だった。だが、桃蜜香の問題はまほら全体の問題だ。我が海保《かいほ》家には先の紫団長であった息子がいる。息子は当主交代の儀を控えて多忙ではあるが、桃蜜香を守るには最適であると思う。交代の儀を遅らせるゆえ、桃蜜香の身柄は我々が預かろうと思うのだが」

好好爺《こうこうや》然とした笑顔でそんなことを宣《のたま》う海保の当主に、千早は心の中で盛大に舌を打った。要するに、沢渡が手柄を独占するのが気に食わないから、自分のところにも、というわけだ。

だが海保を皮切りに、他の三家も次々に声を上げる。

「海保はそう言うが、そちらのご子息はすでに紫団長を退《ひ》いた身ではないか。それに、守るためにはまほらは必要ない。保護できる箱があれば良いのだ。我が北杜《ほくと》家には城がございます。古《いにしえ》には紫和家の姫君をお守りした堅固な城壁ですゆえ、桃蜜香を保護するには最適かと」

「そのような古ぼけた城など！　我が美能《みの》家はフランスの田舎に広い牧場がございます。敷地は電流柵で覆《おお》われ、監視カメラも完備した監視態制が万全の場所ですから、お任せいただければ……」

「異国にとてまほらは存在するだろうが！　我が太刀山《たちやま》家の次期当主は娘の花崗《みかげ》だ。今回出現したのは女の桃蜜香であれば、その匂いの誘惑は女のまほらには効かない。桃蜜香をお預かりするのは、我が家が一番かと……」

四者が互いに睨み合いを始め、千早は父とうんざりと顔を見合わせた。

ここで沢渡が口を挟めば、手柄を独り占めする気かとイヤミが飛んでくるのは目に見えている。

（だがこの虚栄心ばかりの傲慢《ごうまん》な老人たちに、真麻を任せられるわけがない）

必ず桃蜜香の保護観察権を獲得せねばと腹に力を込めた時、八隅がにっこりと笑顔を浮かべて言った。

「喧《やかま》しいよ、爺《じじい》ども」

静かだが威厳のある声に、喧々囂々《けんけんごうごう》の言い合いをしていた老人たちがピタリと口を閉ざす。

「桃蜜香の問題に関して、これまで多くの貢献をしてきたのはお前たち爺ではないし、沢渡も関係ない。千早個人が奔走し尽力してきたのだ。私は千早が姉の葬儀で、〝この悲劇を二度と繰り返さない〟と誓ったのを知っている。泣きたかっただろうに、必死で涙を堪《こら》えていてね、まだ十歳の子どもがあんなに強い表情ができるのだと驚いたものだ……」

八隅の思い出語りに、千早は冷や汗が出る心地がした。確かに姉の葬儀の日、姉の遺体の前でそう誓った。だがまさかその現場を八隅に見られていたとは思わなかった。

「その誓いを破らないために、これまでやってきたのだろう。実に見上げた根性と執念だ。姉の死を悼《いた》み、せめて報いようとする千早のそのひたむきで美しい努力を、何もしようとしなかったお前たちが横取りしようなんて……醜悪で悍《おぞ》ましい行為だとは思わないかい？」

あくまで優しい口調で辛辣《しんらつ》な指摘をする八隅に、老人たちが一様に気まずそうな表情になる。

それを薄い笑みを浮かべた顔で眺《なが》めた後、八隅がスイッと千早に眼差しを向けた。

「千早。お前はこの先、桃蜜香をどうすべきだと思う？」

「――私は、なぜまほらが桃蜜香の体臭に理性を失うほど誘引されるのか、その理由を解明すべきだと思っております。この世界には全て理《ことわり》があると私は考えます。生きとし生けるものが動くのは微弱な電子信号によるものであるように、まほらと桃蜜香の問題は、科学的解明によって解消されうるはずなのです」

千早の答えに、八隅は満足そうに微笑んだ。

「実に具体的で建設的な回答だね」

「現存する桃蜜香に関する資料を集めて調べた結果、私は桃蜜香の体液がまほらの食衝動を抑える効果があるのではないかという仮説に辿《たど》り着きました。そして今回発見された桃蜜香の唾液を摂取したところ、食衝動がはっきりと治ったことから、この仮説は正しいのだと確信しました。桃蜜香の女性には事情を説明し、幸いにして協力をしてもらえることになりました。我が家には女性の医師がおりますのでその者の手を借り、この仮説の証明と桃蜜香の解明を進めていくのが良いかと……」

千早の説明が終わると、八隅がご機嫌でパチパチと拍手をした。

「うん、いいね！　ほら、爺ども、いいと思わない？」

苦虫を噛み潰したような顔をしていた五家の老人たちが、八隅に促され、慌てて作り笑いで拍手をする。すると八隅が「はい、満場一致だね」と言ってバサリと扇子を開いた。

老人たちはギョッとしたように目を剥《む》いたが、八隅は構わずに話を進めていく。

「沢渡千早、お前に桃蜜香の保護と監視を命じる。桃蜜香の身柄の安全を最優先した上で、またほらと桃蜜香の問題の究明に取り組むように。また今回の桃蜜香に関して、全ての責任をお前に預けよう」

紫和の当主直々の命《めい》に、千早は平伏《へいふく》した。

「御意」

神妙な面持ちで請け負いながらも、心の中ではガッツポーズをしていた。

五家の当主が揃う中で、紫和様より命じられたのだ。これで誰にも文句を言われることなく、真麻を傍に置くことができる。

ホッとすると同時に、使命感に背筋が震えた。

(――これで、真麻の命は俺に預けられたも同然だ)

必ず守り切らなくては。

脳裏には、稚《いとけな》く憐《あわ》れだった幼い真麻の姿と、成長し大人になった真麻の姿が交互に浮かぶ。

ずっと見守り続けた存在が、桃蜜香だったなんて、今でもどこか信じられない気持ちだった。

(だが……だからこそ、運命だったのかもしれない)

最愛の恋人を貪り殺してしまった姉の絶望を、昔は想像するしかできなかった。

だが今なら分かる。もしあの時、欲望に負けて理性を手放し、真麻を貪っていたなら――。

(正気に返った瞬間に、俺は自分の首を掻《か》き切るだろうな……)

真麻を自分が殺したという事実に、耐えられるわけがない。

真麻に恋をしているのかと言われたら分からない。

だが、間違いなく愛していると思う。

二十年前に出会ったあの日から、真麻は自分の片割れなのだ。

第三章　二人の距離

ぬるり、と自分の口内に他人の肉が入り込む感触に、真麻《まあさ》は心の中で盛大に悲鳴を上げる。

（ヒィ〜〜〜〜！）

何度経験しても、恥ずかしい。

深いキスがこういうものだと理解していても、自分の体の内側を暴かれているようで、本能的な恐れとか羞恥《しゅうち》心のような複雑な感情が込み上げてきて、どうしていいか分からなくなる。

しかもその相手が、ずっと恋焦《こ》がれた『ちーくん』こと沢渡《さわたり》千早《ちはや》であるのが、余計に羞恥心を煽《あお》られるのだ。

まさか自社の社長があの『ちーくん』だったなんて、びっくりを通り越して呆気《あっけ》に取られてしまったが、それでも再び巡り会えたことの喜びの方が遥《はる》かに大きかった。

ずっと会いたいと願いながらも、もう会えないものだと半ば諦めていた。

自分を救ってくれたことなど、彼はきっともう忘れているだろう。確かに彼は児童養護施設を何度も訪れ真麻に会いに来てくれたが、あれは子どもが拾った捨て猫に抱く愛着で、一過性のものだったのだ。

そう自分に言い聞かせて、自分の中のちーくんへの執着を断ち切ろうとしたこともあった。

だが、それでも真麻はちーくんを忘れることができなかった。

おかしな執着だ、と我ながら思う。だがこれは理屈では説明できない感情なのだ。まるで真麻の存在そのものに捺《お》された烙印《らくいん》のように、ちーくんへの想いは消えることはなかった。

思い続けていれば、いつか彼に会うことができる——そんな子どもじみた希望を抱いて、これまで生きてきた気がする。

「……真麻、何を考えてる？」

低く艶《つや》やかな声が耳朶を打つ。

ドキンと心臓が鳴って、閉じていた瞼《まぶた》を開くと、信じられないくらい美しい男の顔がある。

薄い飴《あめ》色の瞳が熱を孕《はら》んで潤んでいるように見えるのは、自分の気のせいだろうか。

(う、うう……なんなのこの色気の暴力は……！)

真麻は心の中で盛大に呻《うめ》いた。

男性に色気という表現はあまり使わないのかもしれないが、これはもう色気と言うしかない。

色っぽくて艶っぽくて、色香が滴り落ちそうだ。見ているだけで鼻血が出そうになってしまう。

「……あ、の……」

ダダ漏《も》れの色気にあてられて、語彙《ごい》のほとんどを喪失した真麻がゴニョゴニョと意味のない言葉を呟《つぶや》くと、千早はふっと目を細めて柔らかく笑んだ。

「キスをしている時は、俺に集中して」

熱く湿り気のある声色で囁《ささや》かれ、真麻の脳が沸騰しそうになる。

千早は顔を真っ赤にする真麻に楽しげに目を細めると、また優しく唇を啄《ついば》み始めた。

だが優しいのは最初だけで、すぐに肉厚の舌が侵入してきて、嵐のように蹂躙《じゅうりん》される。

（～～～っ、ああ、目が回りそう……！）

激しく絡み付いてくる千早の舌に必死に応戦しようと試みるも、なにしろこちとら初心者である。

百戦錬磨であろう彼の技巧や情熱に敵《かな》うどころか、ついていくこともできず、あっという間にされるがまま、台風の中の木の葉のようにもみくちゃにされてしまう。

キスが終わる頃には、酸欠になって意識が飛びそうになっているという体《てい》たらくなのである。

今日もまた失神寸前になってしまい、ぐったりと千早にもたれかかっていると、彼が背中を摩《さす》りながら申し訳なさそうに言った。

「……毎回毎回、限度なく貪《むさぼ》ってしまって、本当にすまない……」

「……い、いえ……」

謝られてしまうと、こちらもどう反応していいか分からない。

キスの後の抱擁、という親密なことをしているにもかかわらず、二人の間にはぎこちない空気が漂っている。なんとも奇妙な状況だが、それも致し方ない。

なにしろ、このキスは愛情表現ではなく、唾液供給のためのキスだからである。

（まほらの食衝動を抑えるためには、私の唾液を摂取しないといけないなんて……！）

まほらである千早は、真麻の体臭を嗅《か》ぐと、衝動と言えるレベルの食欲が湧いてしまうのだが、桃蜜香《とうみつこう》である真麻の唾液を摂取するとその食衝動が治るのだそうだ。そのメカニズムはまだ解明されていないという話だったが、問題はその後だ。

真麻の唾液が食衝動を抑えることができるのは半日ほどであるため、定期的に唾液を摂取し続けなくてはならないという。

すなわち、真麻は一日に三回ほど、千早とキスをすることになってしまったのだ。

（本当は一日二回くらいでも大丈夫みたいだけど、効果が切れるギリギリになったら怖いし、三回にしてもらったけど……）

それを言ってしまってから、実質キスの回数を増やせと強請《ねだ》っていることに気がついて、顔から火が出るような思いをした。

とまあ、今も真麻は千早とキスをしていたわけなのだが、これはキスと言うよりは、投薬行為である。

（だ、だから、これは別に愛情表現とか、そういうのじゃないんだから……！　ドキドキする必要はないんだよ、私！）

真麻は両手で自分の頬を押さえながら、心の中で自分を叱《しか》りつけた。頬はやっぱり熱があるのではと思うほど熱い。キスをする度《たび》にドキドキして、クラクラしてしまう自分を止めたいのに、毎回この有様である。

（……で、でも、それも仕方ないと思う……！　だって、千早さん、格好良すぎるんだもん……！）

真麻は彼を『千早さん』と呼ぶことにしていた。

社長がちーくんだと分かった時には喜びのあまり冷静さを失ってしまったが、落ち着いて考えれば自分の勤めている会社の社長を『ちーくん』呼ばわりは、さすがに常識がなさすぎる。反省して『社長』と呼んでみると、彼は非常に残念そうな顔で『真麻に社長と呼ばれたくないな』と言ってきたのだ。『沢渡様』、『沢渡さん』も却下され、結局『千早さん』に落ち着いた。千早はさん付けもしなくていいと言ったが、いろんな意味でそういうわけにはいかない。相手は社長だし、年上だし、命の恩人だ。やはりきちんと礼儀を弁《わきま》えていたい。

「真麻、怒った？」

自分の顔を押さえたまま、目を閉じてキスで動揺する自分の心を落ち着かせていると、千早の困ったような声が聞こえてきた。

慌てて瞼を開くと、麗《うるわ》しい美貌を悲しそうに歪《ゆが》ませたイケメンの御尊顔がある。

（うっ、本当に美しい……！）

少年だった頃からきれいだと思っていたが、大人になってもこれほどの美男子になるとは……。

「お、怒っていません……」

「本当に？」

「本当です」

「なら良かった……」

ホッとしたように微笑《ほほえ》む千早に、真麻は不思議な気持ちになってしまう。

「千早さんは、どうしてここまでしてくださるんですか？」

真麻の問いに、千早はきょとんとした表情になった。

「ここまで？」

「だって、いくら私が、その、〝桃蜜香〟っていう存在だったとしても、自分のマンションに住まわせてくださったり、仕事でも融通を利かせてくださったり……」

真麻は例の事件以来、千早の住むセキュリティが万全のマンションに同居させてもらっていた。

桃蜜香は熟してしまうと、まほらから理性を奪い食衝動を引き起こす匂いを体から発し続けてしまう。そのため、真麻は歩いているだけでその辺のまほらを引き寄せて、野獣のように変えてしまうのだそうだ。

千早が言うには、現在ではこの国に百万人ほどのまほらが人間に混じって暮らしているらしい。それを聞いて真麻は驚いた。百万人といえば、大きな都市一つ分の人口くらいだろうか。百人に一人はまほらがいるということになる。

(満員電車の一車両には百人以上乗るって言うよね……。ってことは、朝に電車に乗るだけで、全部で十人近いまほらに遭遇してる計算になる……!)

外を歩くだけで、あの時みたいな恐ろしい経験をすることになると思うと、とてもではないが外に出る気がしなかった。

だがだからといって家の中に引きこもっていたら、仕事にも行けない。お金が稼げなくなれば食べていけなくなる。

(こ、これは餓死するか、捕食されるかという究極の二択を迫られてるってこと……⁉)

どっちにしても死ぬのか、と絶望した真麻に手を差し伸べてくれたのは、やはり千早だった。

『君は今日からここに住んでもらう。ここはセキュリティが万全だし、俺以外のまほらは近づけないようにしておくから、安心して過ごせるよ。仕事に関しても問題ない。君を社長室戦略本部に移動させて、秘書室に入ってもらうことにした。俺の秘書という形にしておけば、勤務形態に関する融通は利かせられるから、出社しなくても大丈夫だ』

そう提案され、一も二もなく頷《うなず》いた。ありがたい話すぎる。『その代わり、俺もリモートという働き方をすることになるから、俺のサポートをしてもらうことになるけど』と言われたが、いくらでもどんなことでもやりますと答えた。住む場所も働き方も、命に換えられるものではないのだ。

だが、真麻にはありがたい話でしかないが、千早にとってはなんのメリットもない。大きな会社の社長なのだから、取引先や関係者と会わなくてはならないことも毎日あるだろうし、出社でなければできない仕事もたくさんあるはずだ。真麻にはよく分からないが、彼はまほらの組織の中でも重要な地位にあるようだから、おそらくそちらの仕事もあるのだろう。時は金なりと言うが、千早が仕事をしないだけで失われる金は間違いなくあるし、その金額は途方もないはずだ。

それらを全て放って、真麻に付き合って自宅に引きこもるなんて、どれほどの損失になってしまうのだろうか。考えるだけで恐ろしい。

（……言いたくないけれど、私を守るために、千早さんに大損をさせてしまうってことよね……。そんなことをしてもらっていいのかしら……？）

なにしろ、真麻には返せるものが何もない。

家に住まわせ、仕事の部署まで移動して、さらには傍《そば》についていてくれる。そこまでして守ってもらっているのに、真麻にできることと言えば、掃除や洗濯といった家事ぐらいだ。だがここには優秀なお掃除ロボットがあって、一日二回家中の掃除をしてくれるし、洗濯は全てクリーニング業者に出しているらしい。炊事に至っては、千早の趣味が料理らしく、その腕前はプロ並みである。そんな人に、真麻の作った名前のない適当な炒め物など出せるわけがない。

結果、真麻は役立たずの居候と化しているわけで、ここにいることに気が引けて仕方ないのである。

「私、守ってもらっているのに、何もお返しできなくて……」

しょんぼりと肩を下げると、千早が驚いたように言った。

「俺が真麻を守るのは当たり前だろう？」

「えっ？　いや……、その、当たり前では、ないと思いますけど……」

真麻がまほらに襲われる体臭をしているのは、別に千早のせいではないのだから、千早が責任を感じる必要はないはずだ。

だが千早はきっぱりと首を横に振った。

「当たり前だよ。真麻が危険に晒《さら》されているのはまほらのせいなんだし、それ以前に、真麻は俺の大切な子だ。君が困っていたら、俺はどんなことをしてでも助けに行く」

なんの躊躇《ちゅうちょ》も衒《てら》いもなく言われ、真麻は胸がいっぱいになる。

千早にとって自分が特別な存在なのだと言われているようで、どうしようもなく喜びが込み上げた。

(……勘違いしないの、真麻。私が桃蜜香っていうやつだから、大切に思ってくれているってことなんだから)

あくまで、まほらにとって桃蜜香が重要な存在だからだ。

真麻にとって千早は、恩人で恋焦がれていた人だ。

だが千早にとっては違う。子どもの頃に偶然救うことになった幼児でしかない。数ある昔の思い出の一つにすぎないだろう。

だから、彼の言葉を自分の都合のいいように受け止めてはいけない。

「あの、そんなふうに言っていただいて、ありがたいと思っています。だから少しでもお役に立ちたくて……。私の……いえ、桃蜜香の検査は、いつからできるんですか?」

千早は以前、まほらが桃蜜香を襲わなくて済むようにするために、病院で真麻の体を調べると言っていたのだが、事件から一週間経った今もまだ病院には行っていない。

自分の体を調べるなんて少し怖い気もしたが、血液、唾液などの体液や、髪や口内の粘膜を採取し調べるのだと言われた。他にはＣＴやＭＲＩなどもするらしいが、健康診断のようなものだと思えば大したことではない。

（私の体を調べて問題が解決できるならお安い御用だもの！）

とにかく何か役に立たなくては、と逸《はや》る気持ちで訊《たず》ねると、千早は「ああ、そうだった」と思い出したように頷いた。

「検査を頼んでいる医師から連絡があってね。明日、一緒に病院へ行こう」

「あっ、そうだったんですね！　良かった！　……あの、そのお医者さんって、やっぱりまほらなんですよね……？」

真麻には一つ心配があった。

まほらの事情を知らなければ、桃蜜香の検査なんてできないはずだから、おそらく医師もまほらだろう。

（……でも、私の体臭を嗅いだら食衝動が起きるんだよね？　だったら、そのお医者さんにも私の唾液を……？）

千早とキスをするのは構わないが、知らない人とキスをするのは嫌だし、キスじゃなく唾液を採取して飲まれるのも抵抗がある。だが背に腹はかえられないから、我慢するしかないのだろうか。

頭の中でぐるぐると考えていると、千早が安心させるようにぽんぽんと優しく肩を叩《たた》いた。

「もちろんまほらだが、女性だから安心して」

「安心、ですか？」

「桃蜜香の体臭は、異性にしか効かない。つまり男性の桃蜜香の匂いは女性のまほら、女性の桃蜜香の匂いは男性のまほらにしか効果がないんだ」

「……あ、そうなんですね。なるほど……！　異性にしか効かないって……なんかちょっと、動物の生殖フェロモンみたいですね。桃蜜香はフェロモンを出してるってことですか？」

ワオキツネザルやミツバチなどが有名な例だっただろうか。

うろ覚えの知識でそんなことを呟《つぶや》くと、千早は「うーん」と相槌《あいづち》を打つ。

「だが人間には鋤鼻器官《じょびきかん》は存在しないからな……」

「鋤鼻器官？」

聞き慣れない単語に真麻が首を捻《ひね》ると、千早は「フェロモン受容に特化した嗅覚器官だよ」とサラリと答えた。

「ヤコプソン器官とも呼ばれるね。哺乳類では牛や鯨にもあるが、人間にはないはずだ。だから人間はフェロモンを生成しないと思っていたが、桃蜜香には存在するのか……？　いや、鋤鼻器官はフェロモンを受け取る側が持っているものだから、我々まほらに存在しているということか……？　だがそうだとしたら嗅上皮《きゅうじょうひ》とは別の場所にあるはずだが……」

専門用語を交えた説明をしながら考え込む千早に、真麻は目を見張ってしまった。

「……すごい、お医者さんみたいです。すごく詳しいんですね」

医療者か研究者でなければ知らないような知識だ。

だが千早は少し困ったように苦笑した。

「……前にも言ったけれど、桃蜜香とまほらの問題解決は、俺の悲願なんだ。そのために、少しでも解決の糸口となりそうなものに関する知識を詰め込んだだけで、医学知識とも言えない断片的で偏《かたよ》ったものばかりだよ」

そう謙遜する千早は微笑んでいたけれど、その飴《あめ》色の瞳に暗く凝《こご》った苦しみのようなものを垣間見て、真麻は小さく息を呑《の》む。

「千早さん……」

「まあ、そういうわけだから、ちゃんと医師の資格を持っている奴に調べてもらうことにしたんだよ。俺の幼馴染《おさななじ》みで、ちょっと変わった奴だけど、まあ医者としての腕はいいはずだから、安心して！　さ、そろそろお腹が空いたな。パスタでも作ろうか！」

明るい声色で真麻の肩をポンと叩く千早の表情には、もう暗さは全くなくなっていた。

優しく頼もしい、いつもの千早だ。

（……私の気のせい、だったのかな……？）

内心首を傾《かし》げながらも、真麻はキッチンへ向かう千早の後を追ったのだった。

＊＊＊

翌日、千早と共に向かったのは、沢渡の名を冠した大学附属の総合病院だった。第三次医療施設にも指定されていて、最先端の医療が導入されている国内屈指の病院だけに、その建物もかなり大きい。

沢渡グループの社員は毎年ここで健康診断を受けるため、真麻も何度か来たことがあるが、院内で迷ってしまうほどだ。

（それにしても、大学や総合病院まで作っちゃうなんて、改めて考えてみると、沢渡グループってやっぱりとんでもなく大きいんだな……）

大学も総合病院も、運営するのにかかる費用は相当な額になるだろう。それをやってのけている沢渡グループの資金力は凄《すさ》まじいものがある。

（……そしてこの人は、そのグループの御曹司なんだよね……）

隣に立つ美丈夫を眺《なが》めながら、しみじみと自分とは住む世界の違う人なんだなと思って、胸がちくりと痛んだ。そんな自分に、真麻は呆《あき》れてしまう。

（胸が痛いって何よ。ばかね、私は。千早さんは、私が桃蜜香だからこうして傍にいてくれるだけ。それだって期間限定で、問題が解決すればお役目ごめんになるんだから……！）

なまじ恋焦がれて来た人と同居し、キスなんかもしてしまっているせいで、真麻の心はすぐに恋情へと傾《かたむ》いてしまう。千早のことはずっとずっと好きだったし、彼は真麻の人生においてなくてはならない存在なのだから。

だが、真麻の感情と現実は別物だ。

千早が真麻の面倒を見てくれるのは、まほらとしての責任感と、彼の悲願のためだ。

——だから勘違いしてはならない。千早にこれ以上執着してはいけない。

ことあるごとにそう自戒するのが、真麻の日課になりつつある。

「真麻、こっちだよ」

ぼうっとしていると、千早に肩を掴《つか》まれてハッとなった。

総合病院だけあって受付も待合室も人がひしめいていて、なんとなく人の流れに沿って歩いてしまっていたようで、進む方向を間違えていたらしい。

「あ、す、すみません……！　私、すぐ迷っちゃうんです……」

実は真麻は度がつくほどの方向音痴なのだ。通学や通勤といった毎日通る決まった道で迷うことはないが、土地勘のない場所では必ず道を間違える。一度コンビニなどの建物の中に入って出てくると、自分がどっちから来たのか分からなくなってしまうのだ。

焦《あせ》って謝ると、千早はクスッと笑った。

「そうなんだ。じゃあ、手を繋《つな》いでおこう」

「え……」

驚く間もなくするりと手を繋がれる。大きな手に自分の手が包み込まれる感触に、じんわりと胸に温かいものが広がった。

（……昔も、こんなふうに手を繋いでくれた……）

幼い記憶が脳裏に甦《よみがえ》る。

千早が施設に会いに来てくれると、真麻は離れたくない一心でずっと彼にしがみついていた。知った者のいない場所に連れて来られて、とても怯《おび》えていたし、寂しかった。千早だけが自分の命綱であるかのように感じていたのだ。

すると千早が『大丈夫だよ。ここにいる間は、まぁちゃんから離れないよ』と言って、真麻の手を握ってくれたのだ。その言葉通り、千早は施設を訪れている間はずっと真麻と手を繋いだままでいてくれた。

（あの時、すごく……すごく、嬉しかったし、安心したんだよ、ちーくん……）

手を繋いでいる間は……手を包み込む温もりがある間は、千早が傍にいてくれる。そう確信できたから。

「大丈夫。こうしていれば迷わないから」

昔と同じ優しさで安心を与えてくれるこの人は、もしかしたら自分の天使様なのかもしれない。

そんなロマンティックなことを考えながら、真麻は笑って頷いた。

「ありがとうございます。助かります」

「昔もこうやって手を繋いだよね」

不意打ちをされて、真麻の涙腺が崩壊しそうになる。

まさか千早も同じことを考えていたとは思わなかった。それだけで、泣きなくなるほど嬉しかった。

あの頃の思い出が、彼にとっても特別なのかもしれない、などという期待が込み上げて、真麻は胸の裡《うち》でそれを打ち消した。

（さっき勘違いしちゃダメって、自分に釘《くぎ》を刺したばかりでしょう！）

本当に、欲望とは際限がない。

「真麻？　どうかした？」

「……いえ、なんでもないです」

「そう？」

「昔、あなたに手を繋いでもらうの、大好きでした」

自分の浅ましい欲望を知られるわけにはいかないけれど、あの頃の自分が千早のことを心から慕っていて、感謝をしていたことは伝えたかった。

「手を繋いでくださって、ありがとうございます」

真っ直《す》ぐに彼を見上げてそう礼を言う真麻に、千早は少し驚いたように目を見張った後、きれいな笑顔を浮かべた。

「……どういたしまして。俺の方こそ、役得ってやつだよ」

手を繋いだ二人が向かったのは、病院の一番奥にある西棟だ。

エレベーターにはカードリーダーが付いていて、カードキーがなければ利用できないシステムになっていた。

「こっちは研究棟になっているから、出入りできる人間が限られているんだ」

千早が首から提げたカードを使ってボタンを押すと、最新のエレベーターは音も振動もなく動き、あっという間に最上階へと到着した。

「わ……静か、ですね……」

先ほどまでとは打って変わって、ほとんど人の気配が感じられないガランとした雰囲気《ふんいき》に驚いていると、千早が肩を竦《すく》める。

「ここは沢渡の者だけが使える場所になっているからね。それに今日は真麻の検査をするから、人払いをしてあるんだ。我々まほらも一枚岩じゃなくてね。桃蜜香に関する情報は、時機を見て公開することになっている」

「そう、なんですね……」

真麻にはよく分からないが、桃蜜香というものが、まほらにとって重要な存在であることは嘘《うそ》ではないようだ。

「さあ、こっちだよ」

促されて辿《たど》り着いたのは、『Dr.Sagiri Inou』というプレートがかけられているドアの前だった。おそらくこのドクター・サギリという医師が、自分の検査をしてくれるのだろう。

千早はそれを面倒くさそうにドンドンドンとノックすると、「狭霧《さぎり》、俺だ」と低い声を出す。

いつも優しく紳士な千早ばかり見ていたので、真麻は目を丸くしてしまった。

（千早さんも、こんな粗雑な仕草《しぐさ》をするのね……）

ちょっと驚いたが、千早の意外な一面を見ることができて嬉しくなる。

へにょっと口元を緩ませていると、ドアが大きな音を立てて内側から開いてビクッとしてしまった。

開いたドアの向こうから姿を現したのは、大きなメガネをかけた端正な美貌の男性だ。長い髪を適当に後ろで一つ結びにしていて、ダボッとした白衣を身につけている。

（――えっ、男性？）

確か千早は、まほらの男性だと危険なので、女性のまほらである医師だと言っていたはずだ。

ギョッとして千早の方を見たが、彼は至極冷静な表情で医師の方を見ている。

「おぅ、最強おぼっちゃま。お待ちしておりましたぁ」

どこか間延びした口調は、この人の特徴なのだろうか。

医師の親しげな挨拶《あいさつ》に、千早は分かりやすく顔を顰《しか》めた。

「その呼び名はやめろと言ってるだろう」

「えぇ？　何も間違っちゃいないじゃん。あんたは最強だしおぼっちゃまだし」

ヘッと小馬鹿《こばか》にしたような笑みを吐《は》き出した医師の顔を、千早が無言でガッシと掴んでギリギリと締め上げた。いわゆるアイアンクローというやつだ。

「そうとも俺は最強だ。なんなら今すぐにそれを証明してやってもいいんだがな」

「イデデデデやめろぉおおこのばか力ぁあああすみませんでしたぁあああ!!」

ギチギチと音を立てそうなほどのアイアンクローをかまされて、悪態をついていた医師が最後に叫《さけ》び声で謝る。

(なんだこのすごいやり取り……!)

体を使った……いや、体を張った会話に圧倒されて呆然《ぼうぜん》としていると、千早から解放され、涙目で自分の頭を撫《な》でていた医師と目が合った。

「あっ、この子が桃蜜香ちゃん!?」

パッと顔を輝かせて言われ、真麻は戸惑ってしまう。

自分が桃蜜香という存在であることは聞いたが、それを名前のように呼ばれて返事をしていいものなのか。

逡巡していると、大きな手が伸びてきて、今度は医師の頭を掴んだ。

「おい、彼女の名前は真麻だ。妙な呼び方をするな」

地を這《は》うような低い声で窘《たしな》める千早に、医師は「イデデデデ」とまた呻《うめ》きながらも呆《あき》れた顔になった。

「なんであんたが怒るんだよ」

「彼女は俺の庇護下《ひごか》にある。無礼な真似《まね》は許さん」

「無礼な真似なんかしてないでしょーが。名前知らなかったからそう呼んだだけだもん。……ってていうか、完全に普段通りだ。あんた、本当に平気なんだね」

話の途中で、突然医師の声のトーンが変わる。先ほどまでのおちゃらけた雰囲気ではなく、至極真面目な顔つきになった医師に、千早もまた真剣な表情で頷いた。

「ああ」

「体液……唾液だっけ？　食衝動を抑えてる感じ？　それとも衝動が消えてる感じ？」

「今は後者だな。時間の経過で前者に変わる感じはある」

「なるほどねぇ。……俄然《がぜん》面白くなってきたじゃん」

ニヤリと口の端を上げた医師が、クルリと踵《きびす》を返して真麻に向き直った。

「えーと、真麻ちゃんだね？」

「あっ、はい！」

「私は稲生《いのう》狭霧。そこのおぼっちゃまとは親戚で、幼馴染みってところ。一応、君の主治医……になるのかな？　君は別に病気じゃないから主治医ってのも変だけど」

「田丸《たまる》真麻です。よろしくお願いします」

差し出された手を握り返しながら自己紹介をすると、狭霧は「か〜わい〜」と気の抜けた声を上げて相好を崩す。

「えー、真麻ちゃん、めっちゃ可愛《かわい》いじゃ〜ん！　こんな可愛い子の採血、私できるかなぁ。針刺すの可哀想《かわいそう》になっちゃうかも〜」

「えっ……」

真麻は絶句した。医師として大丈夫なのかと疑いたくなる発言である。

どう反応すればいいか分からず忙《せわ》しなく瞬《まばた》きをしていると、また千早が狭霧の額に手刀を落として叱《しか》りつけた。

「真麻が不安になるようなことを言うな、このたわけ！」

「イデェッ！　もう！　お前力強いんだってば！　この暴力おぼっちゃま！」

「やかましい、このお調子者が！」

もう子どもの喧嘩《けんか》である。

幼馴染みと言うだけあって、気の置けない相手なのだろう。なんだか微笑ましくなって、真麻はクスクスと笑い出した。

真麻の笑い声に、千早が気まずげにコホンと咳払いをする。

「すまない、真麻。こう見えて、狭霧は腕の良い医師だ。安心してほしい」

「こう見えてってどういうこと？」

不本意そうな狭霧のツッコミに思わず噴《ふ》き出してしまいながら、真麻は二人を見た。

「大丈夫ですよ。千早さんを信じていますから」

「……ありがとう、真麻」

「あ、でも、狭霧先生もまほら、なんですよね？　その、大丈夫なんですか？　私の匂い……」

先ほど気になったことを質問してみると、千早と狭霧は顔を見合わせる。

「大丈夫って、何が？」

首を傾《かし》げる狭霧に、真麻もまた首を捻った。

「あれ？　ええと、だって、男性のまほらは危険だから、女性のまほらを――ってお話だったから……」

真麻のセリフに、狭霧は得心がいったというように手をポンと打つ。

「ああ、なるほど！　大丈夫、そういう心配はないよ。私は女のまほらだから！」

ザッと血の気が引いた。

「す、すみません！」

まさか性別を間違えてしまっていたとは思いもよらず、真麻は真っ青になって勢いよく頭を下げる。

（う、嘘！　こんなに格好良い女性がいるなんて！）

狭霧は千早と同じくらい長身な上、非常に男性的な美貌の持ち主だ。おまけに口調や言動も男性的なものだから、てっきり男性だと思い込んでしまった。

だがそれは言い訳でしかない。

性別を間違えるなんて、とんでもなく失礼な話である。

「本当にごめんなさい……！」

必死で謝った真麻だったが、狭霧の方はあっけらかんと笑い出したので、驚いて顔を上げた。

「あははは、気にしないで！　このスタイルは誤解を招くって分かった上でやってるから！　それに、まほらの女性は人間より大柄なんだよねぇ」

「そ、そうなんですか……」

「うん。人間より筋肉量とかも多いから、大柄にならざるを得ないんだろうけど。まあ、そういうわけだから、君の体臭は私には効かないから安心して」

狭霧のにっこりとした微笑みに、真麻はコクコクと首を上下させる。

その様子に満足そうに頷いた後、狭霧が部屋の脇に設置されている診察用の寝台を指した。

「……さて、じゃあ早速なんだけど、検査していこうと思うから、ちょっとこっちのベッドに横になってくれるかな？　まずは採血からね」

＊＊＊

真麻の身体検査には半日を費やした。

「ん〜、まあ採血と全身のＭＲＩと頭のＣＴは取ったから今日はここまでかなぁ。脳波の検査もしたいところだけど、これは状況の変化に対する反応を見たいから、状況を想定して次回やろう。あと、その時にまほら代表として坊ちゃんの検査もいくつかしないといけないね」

検査を終え、パソコンの画面を見ながら狭霧が言った。

「そうなのか？」

「そりゃ、これは桃蜜香とまほらの問題の解明なんだから、どっちも調べないと結果なんて出ないよ。まほらが桃蜜香の体臭のどの成分に、どの器官が反応しているのかが重要なんだよ」

「確かにそうだな」

「でしょ。だから次回の検査は坊ちゃんの休みの日に――」

「俺はいつでも構わない」

千早が即答すると、狭霧が「いやいや」と呆れたような眼差《まなざ》しになる。

「沢渡グループの社長が何ほざいてんのさ。分刻みのスケジュールで生きてるくせに、そうそう時間なんか取れないでしょ」

「いや、仕事は当面休みを取った。どうしても必要な場合はリモートで対応している」

淡々と答える千早に、狭霧が度肝を抜かれたように「はあ⁉」と大声を上げた。

その大袈裟《おおげさ》な驚き方に、隣で黙って座っていた真麻がビクッと体を揺らす。

「おい、いきなり大きな声を出すな」

「いや出すでしょ、そりゃ！　ワーカホリックのあんたが休みだと⁉　そんなことして大丈夫なの⁉」

「うちはワンマンで収まるような小さい企業じゃない。俺がいなくてもちゃんと回るように優秀な人員で組織されている」

「いや、それはそうかもだけど……！　坊ちゃん、学生の頃から経営に関わって、ずっと仕事が命みたいに働いてたじゃん……？　休みなんか取って、精神崩壊しない？　だいじょぶ？」

心から心配してます、といった表情を浮かべて言ってくる狭霧を殴りたい衝動に駆られながら、千早は深いため息をついた。

「俺は別にワーカホリックなわけじゃない。沢渡が紫白《しはく》に戻るためには相応の実績が必要だったからやっていただけだ」

千早が吐《は》き出すように言うと、狭霧は「あー、なるほど」と顎を撫でる。

「まあ、まほらの上層部は献金の額で決まるようなもんだしねぇ」

まほらという集団も、人間の社会に混じって生きる以上、無収入では何もできない。絶対的な崇拝の対象である紫和《しわ》家を頂点としたピラミッド型の組織は、献金によって運営されているのだ。紫白の五家も、忠義という名の献金額で入れ換わることも有りうる。

二十年前、姉の事件で紫白の座を下された沢渡家は、要するに献金の額を増やすことで再びその地位に返り咲くことができた。

(紫団長《しだんちょう》になれるのは、紫白家の者と決まっているからな)

桃蜜香が発見された場合、最初にその情報は紫団長に伝えられると決まっている。紫団がまほら社会における安全と秩序を維持する役割を担う、警察のような組織であるためだ。

姉の事件のような悲劇を、もう二度と起こさせない。

その悲願を達成するためには、桃蜜香をどのまほらよりも早く確保しなくてはいけなかった。

桃蜜香を他の紫白家に奪われれば、桃蜜香の保護に失敗するのは目に見えている。

他の五家は桃蜜香の問題を天災か何かのように捉えていて、数十年に一度の厄災ならばその時に対処すれば済むとばかりに、対策を講じる気配を見せてこなかったのだから。

そんな奴らに桃蜜香を預ければ、同じ悲劇を繰り返すのは自明《じめい》の理《り》だろう。

だから、真っ先に桃蜜香を保護できる紫団長の地位に就かなくてはならなかった。

「仕事に精を出していた理由は、金を作る必要があったという、その一点のみだ。仕事を休むことになんの葛藤もないから安心しろ」

「へいへい、わかりましたぁ。……じゃあ、血液検査の結果が明日くるから、明日もう一回来てくれる？」

「分かった」

狭霧はカタカタとキーボードを打ち込みながら、「うーん」と考え込むように呟いた後、クルリと椅子《いす》を回して真麻に向き直る。

「……あと気になってるのは、食衝動を抑える真麻ちゃんの唾液についてなんだ」

「あ、は、はい……！」

話を振られて、千早の隣にいた真麻が緊張したように居住まいを正した。

「さっき唾液のサンプルを取ったけど、もしかしたら唾液じゃなくてもいいかもしれないと思って」

「唾液じゃなくてもいい……？」

「うん。坊ちゃんに依頼されて、私も長年まほらの食衝動についての調査と考察に協力してきたんだけどね。〝桃蜜香の体の体液を摂取すれば、まほらの食衝動は抑えられる〟ってのが、我々の間で有力な仮説だったんだ。これまでの例で、桃蜜香を食べたまほらはその後必ず正気を取り戻してたから」

狭霧の説明に、真麻が「あっ」と何かに気づいた表情になる。

「桃蜜香の体には、食衝動を抑える効果があるってことですか？」

「そう。桃蜜香の体臭には食欲を異常に増長させて正気を失わせる効果があるけど、食べて飲み込むことでその食衝動を抑える効果が出る。おそらくまほらの消化器官か、肝臓に桃蜜香の肉や体液に含まれる物質の受容体があるんだろうと私は考えていてね。あ、でも食べた物の栄養は血流に乗る前に一度肝臓で代謝されるから、食べてから効果が出るまでにタイムラグが出ることになるんだよなぁ。君の唾液を飲んだ後すぐに効果が出たっていう坊ちゃんの話を聞くと、肝臓ではないのかなぁ。じゃあやっぱり胃とか腸？　まあ、口内って線もあるか。桃蜜香の体臭については、おそらく動物のフェロモンみたいな外分泌腺から放出される物質かなと思うけど、肉や体液で食衝動が治る方の現象は、一度まほらの体内に取り込まれてから作用してるから、まほら側の内分泌腺ってことになるよね。それが異種の他の個体に効くなんて異例中の異例だからさ、すごく興味深いよね。あ、そもそもフェロモンとホルモンの違いはね――」

「……えっと」

専門知識がないと理解が難しいことをペラペラと喋《しゃべ》られて、真麻が困惑して瞬《まばた》きをしている。

（真麻は困惑すると瞬きをする癖があるな……）

その仕草が大変可愛らしいと思いつつ、彼女を困らせるのはいただけない。

千早は狭霧に掌《てのひら》を突き出して「ストップ」のジェスチャーをした。

「おい、一度に説明しすぎだし、そもそも脱線している」

「あ、ごめんごめん。つい脳の思考が口からそのまま出ちゃうんだよねぇ、私。だから外来に立てないんだけど」

確かにこんな説明をされても、理解できる患者は少ないだろう。

狭霧はこの病院の研究者として在籍しており、患者を診ることはないから安心だが。

あははーと気の抜けた笑い方をした後、狭霧は千早と真麻を交互に見た。

「えっと、まあ、何が言いたかったって、唾液にも食衝動抑制効果があるのは大変素晴らしいことなんだけど、おそらく他の体液でもその効果は得られると思う。だから、それを実験してほしいんだ」

「実験、ですか……？」

真麻が不安そうにチラリとこちらを見てきたので、千早は安心させるために彼女の手を握る。

「そう。君の他の体液を、坊ちゃんに飲ませてやってほしいんだ」

「——ちょっと待て、狭霧」

体液を飲ませる、という話の行き着く場所に不安を覚えて、千早は幼馴染みを止めようと声をかけた。狭霧は非常に頭が良いが、人の心の機微を理解できないロボットのような奴なのだ。

千早の制止に、残念ながら狭霧は止まらなかった。

人差し指を立てて、邪気のない子どものような笑顔で口を開く。

「血液、組織液、リンパ液がいわゆる体液って呼ばれるものだけど、唾液で効果があるってことは汗や尿、膣分泌液とかだね！　あっ、なんならいっそセックスしてみるってのはどうかな⁉」

「〜〜〜〜狭霧ィッ！！！」

千早の怒声が研究室に響き渡ったのは、言うまでもない。

＊＊＊

病院から無事に（？）帰宅した真麻と千早だったが、非常にぎこちない空気に包まれていた。

原因はもちろん、狭霧の例の発言だった。

『なんならいっそセックスしてみるってのはどうかな⁉』

あっけらかんととんでもないことを言われて、真麻は当たり前だが絶句してしまった。

（セ……セックスって、してみるとかっていうものじゃないよね？　愛し合う二人がするものだし、お試しにハイどうぞってそんな、試供品とかじゃないんだから……！）

試して合わなかった～とか言われたら、立ち直れる気がしない。

いやもちろん、千早がそんなことを言うとは思えないし、そもそも合う合わないを試すためではなく、桃蜜香の唾液以外の体液がまほらの食衝動を抑制するかどうかを試すためだ。

(だいたい、私はセ、セックスなんか、したことないし……！)

これまで恋愛とは無縁だったし、なんならキスも千早が初めての相手だ。

仮に試してみるとして、上手《うま》くできる気がしない。

(……でもよく考えたら、キスだってしちゃってるんだし……。それに、今のところ私しか桃蜜香が見つかっていないんだよね？　だとしたら、実験も私でするしかないんだよね……)

千早の悲願を叶《かな》えてあげたいと思う。

桃蜜香とまほらの悲劇を終わらせたいと語る彼は、いつも何かを堪《こら》えるような苦しげな表情をする。

きっと過去に何か事情があったのだろうと思ったが、千早が話さないことを無理に聞き出そうとは思えなかった。人は他人には言えないことを少なからず抱えているものだし、そもそも彼が一線を引いた部分に、真麻が踏み込む権利はない。

(それに、話を聞く限り、彼らまほらだって、桃蜜香を食べたくて食べたわけじゃないもの……)

桃蜜香の体臭で理性を失ってしまうだけで、理性が戻れば食べてしまったことを後悔するし、さらには罰として牢獄《ろうごく》に入れられて処刑されてしまうらしい。

（そんなの、どっちにとっても不幸すぎる災難でしかないよね……）

災難なんかない方がいいに決まっている。

なにより、真麻は桃蜜香なのだから関係者どころかバリバリの当事者である。

このままだと一生一人で外を歩けなくなって、家に引きこもっていなければならない。

そんな窮屈な生活に耐えられるわけがないし、働けなくなるので生きていけなくなる。

今は千早の厚意でなんとか生きているが、彼の援助がなければ、真麻の人生は詰んだも同然である。

（……そうだよね。背に腹はかえられないって、このことだよ。セックスは愛し合う人たちがするもの、なんて言ってる場合じゃない……！　それに……）

真麻は隣に立つ千早をチラリと見上げた。

すると彼もまた自分を見ていたらしく、ばっちりと視線が合って、カッと頬に血が上った。

頭の中でセックスという単語を連呼していただけに、感じる必要のない恥ずかしさに身悶《みもだ》えしたくなる。

合ってしまった目を逸《そ》らすこともできず、真っ赤な顔で硬直する真麻に、千早が困ったように微笑んだ。

「……疲れただろう。お茶でも淹れるよ。真麻は座ってて」

優しくそう言って、彼はキッチンへ行ってしまった。

きっと真麻が赤面してモジモジしていたから、気を遣ってくれたのだろう。

千早だって『セックスしてみろ』なんて言われて、気まずくないわけがない。

それなのに真麻を気遣って一人の時間をくれたり、お茶まで淹れてくれるなんて、優しい上に行き届きすぎではないだろうか。

(やっぱり、千早さんに気を遣わせている場合じゃないよね……！)

千早の悲願を達成することが、昔命を救ってもらったことの恩返しになるはずだ。

だったら躊躇《ためら》うことなんてない。

真麻は決意を固めると、千早を追ってキッチンへと向かった。

「千早さん！」

「――ん？　どうした？」

キッチンでは、千早がケトルに水を入れているところだった。

カウンターの上にはいろんな形の紅茶の缶が三つ置いてある。黒い缶もシルバーの缶も、平べったい形の缶も、全部見覚えがある。

どれも真麻が美味《おい》しいと言ったものばかりだ。

（……覚えててくれたんだ……）

本当に、優しすぎる。

料理好きな千早は紅茶を淹れるのも上手で、毎朝、朝食時に紅茶を淹れてくれるのだ。

じっと紅茶の缶を見つめていることに気づいたのか、千早がその一つを手に取って首を傾《かし》げる。

「どれがいい？　これらが気分じゃないなら、他にも……」

「どれも大好きです！　……えっと、でも、紅茶は今、いいです」

「紅茶じゃなくてコーヒーの方がいい？　緑茶もあるけど……」

不思議そうにしながらも、今度は別の飲み物を勧めてくる千早に、真麻はブンブンと首を横に振った。

「あの！　狭霧先生のお話なんですけど……！」

意を決して話を切り出すと、千早が呻《うめ》き声を上げて片手で自分の顔を覆《おお》う。

「ほんっとうに、ごめん！　あいつは研究者気質というか、人の気持ちを考えずに喋る癖があってね……。気を悪くしたよね、本当にごめん。あいつの言ったことは気にしなくていいから
……」

いつもより早口で喋る千早に、真麻はもう一度首を横に振ってから、彼を真っ直ぐに見て言った。

「狭霧さんの言ったこと、試してみたいんです！」

「――」

真麻の言葉に、千早が絶句して動きを止める。

そのまま真顔で見つめ返されて、さすがに少し羞恥心が込み上げまた頬が赤くなったが、真麻は腹に力を込めて踏み止まる。

（だって、今ここで私が〝やっぱりやめます〟って引いたら、千早さんはきっと、もう二度とこの話題を出さなくなっちゃうもの）

千早は絶対に真麻を傷つけることはしない。そうするくらいなら、自分を傷つける方を選ぶだろう。

再会してまだ日は浅いけれど、ずっと一緒にいれば、彼の優しさや正義感が本質的なものだと分かる。

一度懐に入れたものは、絶対に守ろうとする人なのだ。

（そんなち
ーくんだから、幼かったあの時も私を見捨てずに救ってくれたんだ）

だから今度は、自分の番だ。

逃げていても何も解決しないし、女にはやらねばならない時がある。

「試してみるべきです」

念を押すようにもう一度繰り返すと、千早がピクリと下瞼を痙攣《けいれん》させた。

「……何を言い出すんだ」

「だって狭霧先生が言っていたじゃないですか！　〝桃蜜香の体臭が異性のまほらにしか効かないのは、生殖に関係している可能性がある。だから、セックスでまほらの食衝動を抑制する重要な鍵が見つかるかもしれない〟って！」

例の『セックスしてみたら？』という発言の後、千早と狭霧は喧々囂々《けんけんごうごう》の言い争いをしていたのだが、その時に彼女がそう言っていたのを真麻は聞いていた。

「あくまで可能性だし、エビデンスが乏《とぼ》しい。想像の域を出ない仮説だ」

「でも異性にしか効かないっていう事実は、生殖に関係している可能性は高いと思いませんか？　だってそうじゃないと異性に効く理由がないもの。試してみる価値はあると思うんです」

必死に食い下がると、千早は両手で顔を覆って天を仰ぎ、深く長いため息をつく。

「いいか、真麻。俺は君にそんなことを強要するために、ここに連れてきたわけじゃない」

聞き分けのない子どもを諭《さと》すように言われ、真麻は少しムッとした。

「強要されたなんて思っていません！　私は自分の意思でそう言っているんです！」

「そう思い込んでいるだけだよ。実際は俺たちが強要したも同然なんだ」

「違いますってば！」

まるで信じようとしない千早に焦《じ》れて、真麻はつい声を荒らげてしまった。

すると千早がカッと目を見開いて一喝する。

「違わない！」

その怒声に、真麻は息を呑んだ。

狭霧に対しては粗暴な面を見せていたが、真麻にはいつだって穏やかで紳士的だったから、怒鳴られて二の句が継げないほどびっくりした。

「俺たちまほらのせいで、命の危険に晒《さら》されているんだぞ！　喰い殺される危険がなくなるかもしれないなんて言われたら、やらなくてはと思うのが当然なんだよ！」

千早の言葉に、真麻は唇を引き結ぶ。

確かに彼の言う通りのことを、さっき自分で考えていたからだ。

千早は激情を抑え込むようにもう一度深いため息をつくと、優しい眼差《まなざ》しに戻って真麻を見た。

「……怒鳴ってすまない。だが、俺たちの食衝動なんて、君には関係ない。君に咎《とが》はカケラほどもないのに、君に犠牲を払わせるなんて、そんな理不尽なことがあっていいはずがないんだ」

「犠牲とか思ってません！」

真麻は思わず弾《はじ》けるように叫《さけ》んだ。こうして千早の傍にいることが、まるで悪いことのように言われて悲しかったのだ。

（私は、千早さんに再会できて嬉しかった……！　たとえそのきっかけが、まほらの人に襲われたことだったとしても、あなたの傍にいられて嬉しいと思ってるのに……！）

だが千早はわずかに眉根を寄せた微笑を浮かべると、真麻の肩に手を置いて宥《なだ》めるような口調で言った。

「そういう行為は、愛している人とするものだ。俺なんかじゃなく……」

「私は千早さんを愛してます！」

反射的に言い返して、真麻は自分で自分の口を押さえる。

（ぎゃー！　私ったら何言ってるの！）

盛大に焦《あせ》ったが、目の前の千早は目を大きく見開いて硬直していた。

（で、ですよねぇぇえ！　でも私もびっくりなんですよ！）

千早も驚いただろうが、自分で言ったセリフに、真麻が一番驚いていた。

真麻にとって千早は、子どもの頃からずっと恋焦がれた存在だった。

だがこれが恋かと訊《き》かれたら、分からないというのが正直な気持ちだ。

なにせ真麻は恋愛に疎《うと》い。繰り返しになるが、二十五歳になっても恋愛経験はなく、男性にも同性にもそういう意味で興味を持てなかった。だから恋がどんなものかは分からない。

(でも、ちーくんを恋しいと思い続けたこの感情は確かにある。それに今、千早さんの傍にいられて、嬉しくて、幸せなんだもの……！)

これが愛じゃなくてなんなのか！

自問自答して自信を持った真麻は、赤い顔のままキッと千早を見据えてもう一度宣言する。

「私は、千早さんを愛してます！」

だが千早はそれを認めなかった。辛《つら》そうに眉間に皺《しわ》を寄せ、何かを断ち切るように真麻から目を逸《そ》らした。

「……真麻。それは、錯覚だ。君は幼い時に俺に拾われて、今は命の危機に瀕《ひん》しているところを俺に救われた。守ってくれる者に縋《すが》ろうとする生存本能のようなもので、愛情じゃない」

もっともらしく決めつけられて、真麻はカッとなった。

「私の感情を千早さんが勝手に決めないで！」

感情的に怒鳴った真麻に、千早が驚いた表情になる。

「生存本能とか、そういうんじゃないです！　だって私は、桃蜜香だとかまほらだとかを知らない時から、ずっとあなたが恋しかった！　誕生日のケーキの蝋燭《ろうそく》を消す前のお願い事も、クリスマスのお願い事も、お正月の初詣だって、もうずっと〝ちーくんに会えますように〟だったんです！　それくらい、ずっとずっと会いたい人だった！　だから少なくとも私にとって、犠牲なんかじゃない！　……千早さんにとっては、そうかもしれないけど……」

語尾が尻すぼみになったのは、千早がこの件についてどう感じているか分からなかったからだ。

(勢いで言っちゃったけど、千早さんが私とセックスするのが嫌かもしれないよね!?)

自分の感情ばかりに気を取られて、肝心の千早の気持ちに考えが至らなかった。

己の自分本位さを今更ながら反省し、オロオロと目を泳がせていると、千早の吐息のような笑い声が聞こえる。

「……俺にとっても、犠牲なんかじゃない」

その言葉に、真麻の胸の中に明るい喜びが広がった。

パッと顔を上げると、端正な美貌が目の前にある。本当に美しい男性だなと、脳のどこか裏側で思いながら、真麻は透き通った飴《あめ》色の瞳を見つめた。

吸い込まれそうなほど、澄んだ瞳だ。

「初めて会った時から、君は俺にとって特別だった。父よりも母よりも……たった一人の姉よりも、大切だと思う存在だった。離れていた時も、君を忘れたことはなかったよ」

そう言われて、涙が込み上げた。

同じだ。真麻もずっと、千早が特別だった。ずっとずっと、恋焦がれてきた人なのだ。

「私も、です……！　私も、ちーくんが大好きで、会いたくて会いたくて……、ずっと願い続けてた。どうかちーくんに会えますようにって……！　会えて嬉しかった。こうして傍にいられるのが、信じられないくらい幸せだって思う……。桃蜜香とか、まほらとか、どうでもいい。あなたが好きなんです」

言いながら、ボロボロと涙が溢《あふ》れてきた。

ちーくんが来なくなった日のことが脳裏に蘇《よみがえ》る。『また木曜日にね』と言って去っていった彼が、やって来なかった日だ。待っても待っても、ちーくんは来なかった。

ご飯も食べず施設の玄関で彼を待ち続ける真麻を、職員の大人が叱《しか》りつけて部屋に連れ戻したが、怒られても、叩かれても、真麻は玄関に行こうとした。

うんざりした職員が『そんなワガママだから、呆れてあの子も来なくなったのよ！』と意地悪なことを言ったけれど、真麻は歯を食いしばって頭をブンブンと振って否定した。

(ちーくんは、ぜったいにくる。まあさをすてない)

だがどれだけ待っても、ちーくんは来なかった。

夜が来て、布団の中で身を丸めながら、小さな頭で一生懸命考えた。

どうしてちーくんは来てくれなかったのだろうか。あんなに大好きだよと言ってくれたのに。職員が言ったように、自分がワガママだから捨てられたのだろうか。そう思うと悲しくて、声を殺して泣いた。

あの日からずっと、真麻はちーくんを待ち続けた。

波瑠緒《はるお》に引き取られて幸せな子ども時代を過ごしていた時も、ちーくんを忘れたことはなかった。

高校生になっても、大学に進学しても、大人になって就職した後も、どこかにいるはずの彼を探し続けていた。

「あなたがいればいい。私は、あなたがいれば幸せなんです、千早さん。桃蜜香とか、まほらとか、私にはどうでもいいんです」

涙の絡む声で訴えれば、千早がそっと抱き締めてくれた。

「……そうだな、どうでもいい」

「好きです。あなたの傍にいたいんです。だから、私を抱いてください」

千早に言いながら、真麻は心の中で自分の言葉に頷いていた。

(……そうよ。私は、千早さんが好き。愛しているから、抱いてほしい。彼と触れ合ってみたい)

自分の中にそんな欲求があったなんて、驚きだ。

恋愛をしたことがない真麻は、誰かに触れたいとか、抱き合いたいという肉欲を抱いたことがなかった。それどころか、異性と触れ合うことを想像するだけでゾッとするほどで、自分は恋愛対象が同性なのかと思ったことがあるくらいだった。だが同性に対しても触れ合いたいと思うことはなく、きっとそういう欲のない人間なのだと思っていたのに。

(あれは、千早さんじゃなかったからなんだ。私は、千早さんしか愛せない……)

二十年間彼を待ち続けたのは、彼が真麻にとっての運命だったからなのだ。

全てが腑《ふ》に落ちて、真麻は千早を抱き締め返す。

(――ここが、私の居場所だ)

温かい腕の中でそう実感しながら、満足のため息を漏《も》らした真麻は、次の瞬間悲鳴を上げた。

自分を抱き締めていた千早が、素早い身動きで真麻の体を抱え上げたからだ。

「きゃあっ!?　ち、千早さん!?」

急な浮遊感と視界のブレに一瞬眩暈《めまい》を起こしていると、千早が言った。

「……もう止まれないよ」

低い唸《うな》り声にどきりと心臓が鳴る。

瞼を開くと、余裕のなさそうな千早の顔があった。

いつもは穏やかな光を湛《たた》えた飴色の瞳が、ギラギラと底光りしている。

まるで獲物を狙う肉食獣のような眼差しだ。真麻を食べたくて仕方ないと、その瞳が雄弁に語っている。

多分怖がらなくてはいけない場面だ。

彼はまほらで、自分は桃蜜香。比喩ではなく、捕食者と被食者なのだから。

だが真麻の胸に広がったのは、恐怖ではなく、甘い陶酔感だった。

お酒に酔った時のような、ふわふわとした酩酊《めいてい》感がする。

真麻は甘くて蕩《とろ》けそうな感覚を味わうように、うっとりと微笑んだ。

「止まらないで。……私を食べて」

普段だったら、恥ずかしくて絶対に口にできないようなセリフだ。

だが、心からの本音だった。

千早に食べられたい。

肉体の端から端まで暴いてほしい。精神の髄まで彼で満たしてほしい。

身も心も彼と一緒になってしまいたかった。

欲望に浮かされた真麻の言葉に、千早が何かを堪《こら》えるように、ギリ、と歯ぎしりをした。

「クソ、煽《あお》ったことを後悔するなよ……！」

低く呻くように言って、彼は真麻を抱いたままキッチンを足早に出た。

＊＊＊

ベッドの上に真麻を放り投げるようにして置くと、千早はその華奢《きゃしゃ》な体の上にのし掛かった。

「千早さ……、んぅ」

彼女に口を開く間を与えず、唇で蓋《ふた》をするようにキスをした。

そのまま舌を差し入れて口内を蹂躙《じゅうりん》すれば、甘い唾液の味に自分の味蕾《みらい》が歓喜に震えるのが分かった。

（ああ、美味《うま》い……）

古代ギリシャの神話に、ネクタルと呼ばれる神々の酒が存在するが、あれが存在するとすればこんな味だろう。甘くて、清涼で、酩酊するような芳《かぐわ》しさがある。それが舌に触れた瞬間にそこから全身が潤い満たされていくような、不思議な感覚になるのだ。

その甘美さを感じると同時に、自分の中に燻《くすぶ》っていた獣《けもの》のような衝動が鎮まっていく。

真麻の体臭――桃蜜香の匂いは、彼女の傍にいる限りずっと感じている。彼女の唾液をもらうことでそれが暴動を起こすことはないが、それでも気を抜けば理性の鎖《くさり》を引きちぎって、荒れ狂う欲望のままに彼女を貪ろうとするのが分かっていた。

真麻が可愛くて、愛しい。

子どもの頃に感じていた庇護欲に加え、美しく成長し大人の女性としての魅力を備えた彼女に、千早はどうしようもなく惹《ひ》かれていった。

少年だった頃には感じなかった、彼女に触れて自分のものにしたいという肉欲が芽生えてしまったのだ。

キスだけじゃ足りない。真麻に触れて、暴いて、その中を犯したい。

凶暴な雄《おす》の欲求に、千早は大いに危機感を覚えた。

この感情は、真麻には毒でしかない。

ただでさえ命の危機に晒されているのだ。不安だろうし、半強制的にこれまでとは違う環境下に置かれ、不便さや不満も感じていることだろう。ストレス過多の状況なのに、彼女を保護している自分が邪《よこしま》な感情を抱いていると知ったら、負担にしかならない。

(……真麻のことだ。自分の感情を捻《ね》じ曲げてでも、俺を受け入れようとするだろう)

真麻が自分を好いてくれていることは感じていた。

幼い頃に自分を救ってくれた恩人だから、好意的なのは当然だろう。

だがそれが恋愛感情かと言われれば、きっと違うだろう。

恩人な上、危機から救って保護してくれた人間に好意を抱くのは、生き物として当然の心の動きで、生き残ろうとする本能によって、勘違いさせられているだけなのだ。

千早は、真麻に運命的な何か——絆《きずな》のようなものを感じている。

幼いあの日の出会いも、彼女が可愛くてしかなかったことも、自分でも戸惑うほど彼女への庇護欲を抱いたことも、全部理屈では納得がいかない。

どうして真麻だけが特別なのか。どうして、彼女に執着してしまうのか。

その理由は、大人になった真麻に惹かれたことで理解できた。

(俺は、昔から真麻を愛していたんだ。自分の〝運命の伴侶〟として……)

運命の伴侶——少々妄想じみた気恥ずかしい言葉だが、そう言い表すのが一番しっくりくるので仕方ない。千早は特段結婚に夢を見るタイプではないし、なんなら結婚は契約であるとすら考えるリアリストだ。

だがこれは千早に限らず、純血のまほらであれば皆同じだ。

紫白《しはく》家の次期当主である以上、その結婚は恋愛であることはほとんどない。

それなのに、真麻に対してだけはそのリアリストは鳴りを潜めるのだ。

真麻は自分のための存在で、自分もまた真麻のための存在——そんな馬鹿《ばか》げた考えが浮かんだ。

妄想じみていると思うのに、これ以上はないほどしっくりきてしまい、千早はますますまずいと思った。

自分の妄想を押し付けて迫ってしまいそうで恐ろしかった。

(真麻には、幸せになってほしい)

ずっと見守り続けたのは、彼女が幸せになっていると確信したかったからだ。

それなのにその彼女の幸せを、自分が摘《つ》み取るような真似をしていいはずがない。

——だったら、真麻を手放すべきだ。

冷静に考えれば、その結論に辿《たど》り着く。

真麻に手を出してしまうのが怖いなら、傍から離せばいい。単純な話だ。

そもそも桃蜜香の真麻が、男のまほらである自分に保護されるのは効率が悪い。安全を考えれば女性のまほらに彼女の身を預けるべきだ。

だが千早はそうしなかった。

真麻を自分の傍に置いておきたかった。

他の誰であろうと、真麻を任せることなんてできない。彼女が自分以外の誰かを頼るなど、許せるはずがない。

(……ここまでくれば、立派な執着だ)

真麻を守らなくてはならないという理性と、真麻を自分のものにしてしまいたいという欲望とに挟まれ、千早は葛藤を抱えた日々を送っていた。

そこにきて、狭霧のあの発言だ。

人の気も知らないで、と腹の底から怒りが込み上げた。

実験のためにセックスをしてみろ、などと言われたら、責任感の強い真麻は頷くに決まっている。

案の定、真麻は『試すべきだ』と千早に迫った。

勘弁してくれ、と思った。

(欲望に負けないよう、必死に自分と戦っているって言うのに……どうしてそんな煽るようなことを言うんだ……！)

だが、どれほど彼女に煽られようと、負けるわけにはいかなかった。

千早にとって、最も大切なのは真麻の幸福だ。

姉の事件のような悲劇をもう二度と起こさないという己の悲願よりも、真麻の方が大切だと思った。

だから、たとえそれがまほらと桃蜜香の因縁を断つためであっても、義務感や責任感で彼女にそんなことをさせるわけにはいかないのだ。

提案を退け、必死に説得した千早だったが、真麻は食い下がった。

彼女らしからぬ強情さに業を煮やし、つい声を荒らげてしまったが、それでも彼女は引かなかった。

『私は、千早さんを愛してます！』

涙目になってそう叫ぶ彼女が眩《まぶ》しくて、千早は目を逸らした。

それは千早が欲しい言葉だ。それこそ喉から手が出るほどに。

だが同時に、恐れていた言葉でもあった。

昔の恩人であった自分に保護されている今の状況は、彼女に恋を錯覚させるにはもってこいだろう。

自分を庇護してくれる相手への好意は、愛情ではなく、生存本能のようなものだ。

そう断じた千早に、真麻は眦《まなじり》を吊《つ》り上げて叫んだ。

『私の感情を千早さんが勝手に決めないで！』

怒りの指摘に、千早はハッとさせられた。

彼女の言う通り、千早は推測と想像でものを言っていたことに気づいたのだ。

真麻のために。真麻の幸福のために――。

その想いが強すぎて、彼女自身の考えを置き去りにしてしまっていた。

『生存本能とか、そういうんじゃないです！　だって私は、桃蜜香だとかまほらだとかを知らない時から、ずっとあなたが恋しかった！　誕生日のケーキの蝋燭を消す前のお願い事も、クリスマスのお願い事も、お正月の初詣だって、もうずっと〝ちーくんに会えますように〟だったんです！　それくらい、ずっとずっと会いたい人だった！　だから少なくとも私にとって、犠牲なんかじゃない！』

涙を浮かべてそう訴えられて、千早は力なく笑った。

（……こんなの、降参するしかないだろう）

これ以上我慢なんかできるか。

自分に会いたいと願う彼女を想像して、胸が軋《きし》む。

可愛くて、可愛くて、堪《たま》らなかった。

そんなに長い間――おそらく自分と同じだけの時間、相手を思い続けたのだとすれば、多分それはもう愛と呼んでいいものだ。

真麻と自分は同じだ、と思った。

彼女は自分と同じ温度と深さで、自分を愛してくれている――そう確信した。

（多分、俺たちが抱いているこの想いは、一般的な恋愛とは違うだろう）

お互いにこれほど執着する理由は明確ではなく、ただ幼い頃に出会ってお互いを大切な存在だと確信し、二十年間その想いを忘れることができなかった。

二十年忘れなかったのだから、この想いは一生消えることはないに違いない。

(だったら、受け入れるしかないじゃないか)

葛藤をきれいに吹っ切った千早は、口の端から漏れた甘露を舐《な》めとった後、ゆっくりと体を起こした。

真麻は激しいキスに酸欠を起こしたのか、ぼんやりとした虚《うつ》ろな目でこちらを見つめている。

何度も食《は》み、吸い付いたせいで、小さな唇がぽってりと腫《は》れていて美味そうだった。

噛《か》みつきたい気持ちを抑えながら、千早は手早く自分の服を脱ぎさった。

彼女を味わう時に、体に何かが纏《まと》わりついているのはひどく鬱陶《うっとう》しい。

自分の服を全て脱ぎさって真麻を見下ろせば、とろんとした眼差しと視線が合った。どうやら自分の裸体に見惚《みと》れてくれているのだと分かり、千早はうっそりと微笑む。幼い頃からの習慣で体は常に鍛えているが、その習慣に感謝したくなった。

「触ってみる?」

白い手を取って自分の胸の皮膚《ひふ》に押し当てると、真麻は恥ずかしがることなく千早の素肌に触れる。興味津々といった様子が、いかにも真麻らしい。

「すごい筋肉、ですね……意外と、柔らかい……」

大胸筋をそっと指で触りながら、真麻が感嘆する。

「筋肉も肉だからな。骨みたいに硬くはないよ。まほらの社会で就いてる役職柄、鍛えないといけないんだ。それに、まほらは人よりも筋肉が付きやすいらしいから。狭霧が言うには、筋細胞の数の平均値が多いらしい」

「なるほど……」

真麻は相槌《あいづち》を打ちつつ、千早の鎖骨や肩を撫《な》でるように触れていった。

「男の人の体ってこんななんですね……。私と全然違う……」

独り言のように言う彼女を抱き締めたい気持ちになる。

照れたり恥ずかしがったりする様子がないから、今口にしたそのセリフが、経験のないことを暴露していることに気づいていないのだろう。

千早は処女を神聖視することをくだらないと思う。処女崇拝は、男の未熟さの裏返しだ。重んじるべきはその人物の為人《ひととなり》であり、経験の有無などでは決してない。

だが真麻に対してだけは、自分も愚かで未熟な男の仲間入りをするようだ。

処女であることを神聖視するわけではないが、過去に彼女に触れた者がいないということは非常に喜ばしい。

（……相手を殺さなくて済むからな）

過去であろうが未来であろうが、真麻に触れる男がいたとしたら、決して生かしてはおかない。

怒りのままに、細切れになるまでその体を引きちぎってしまうだろう。

そんな凶暴なことを考えていると、真麻が小さな手で心臓のあたりに掌をぺたりとくっつけてきた。

「……心臓、ドキドキ言ってる……」

当たり前のことを呟くから、思わずフッと噴き出してしまった。

「そりゃ、好きな子に触れているから、そうなるよね」

「好きな子……」

淡い微笑を浮かべて鸚鵡《おうむ》返しをするから、千早は目を細める。多分、想いが通じた事実を反芻《はんすう》しているのだ。

自分も同じような心地でいるから、真麻の気持ちが手に取るように分かった。

「真麻だよ」

「……うん。嬉しいです……」

「俺も嬉しい。ずっと真麻に触れたかった」

素直に白状すると、真麻はちょっと目を丸くした後、ふにゃりと笑う。

「嬉しい。触ってください」

「うん」

許可を得て、千早は啄むだけのキスをしながら彼女の着ている物を剥《は》ぎ取っていく。

やがて生まれたままの姿になった真麻を見下ろし、千早は恍惚《こうこつ》のため息をついた。

「……きれいだな」

真っ白な肌は肌理《きめ》が細かく滑らかで、光沢のあるグレージュのシーツの上に浮かび上がるようだ。華奢な体は嫋《たお》やかな曲線を描き、ルネッサンス時代の絵画に描かれた女神のように美しかった。

今からこのまっさらな体に自分の痕《あと》を刻みつけるのだと思うと、ゾクゾクとした高揚感が込み上げる。

「あの……あんまり見ないで、ください……」

千早の食い入るような視線に、真麻が恥ずかしそうに腕を前に組んで身を捩《よじ》った。

そんな細い腕二本で、この芸術品のようにきれいなものを隠し果《おお》せるわけがないのに、と思うと、少し揶揄《からか》いたい悪戯《いたずら》心が湧いてくる。

「どうして？　見たい」

言いながらか彼女の腕を掴み、片手で頭の上に押し付けた。

露《あら》わになった双丘がふるりと揺れて、思わず唾を呑む。

柔らかそうな丸い肉の上に乗った薄紅の小さな尖《とが》りが、心臓の拍動に合わせて小刻みに震えていて、なんとも憐《あわ》れで健気《けなげ》だ。ムラムラと込み上げてくるのは、それに齧《かじ》り付きたいという動物のような本能だった。

千早は衝動のままに、白く柔らかな肉にむしゃぶりつく。

「ひゃっ……！　ぁあっ……！」

小さく柔らかい尖りは、舌先でクルクルと捏《こ》ね回すとすぐ芯を持って硬くなった。下の歯を使って根本を扱《しご》いてやると、気持ち好《よ》かったのか真麻の体が小さく跳ねる。乳房は片手にすっぽりと嵌《は》まる大きさで、ほのかな温もりと餅のような弾力を楽しむように揉《も》みしだいた。

「ぁ……っ、や、それ……なんか、変な気持ちになる……！」

真麻はどうやら乳首が好《い》い所のようで、舌と指で両方いっぺんに弄《いじ》ると、甘い嬌声《きょうせい》を上げる。その声がまた可愛くて、千早は下半身を直撃され、腹筋に力を込めた。

己の一物は、見なくても分かるほど完全に勃《た》ち上がって、痛いほどだ。

欲望のままに真麻の中に突き挿《い》れてしまいたいと思う気持ちが、ないとは言わないが、まずは真麻の体を慣らしてからだ。

乳首への愛撫《あいぶ》で熱い吐息を吐く真麻が、くたりとベッドに四肢を投げ出す。

千早はその脚に自分の脚を絡めるようにしながら、そっと脚を広げていく。差し込んだ膝で脚の付け根を探ると、そこはしっとりとして熱く、彼女がちゃんと感じてくれているのが分かった。

胸から肋骨へとキスで辿り下りると、皮膚の薄い部分に鬱血《うっけつ》の痕が残る。白い肌に赤い痕が浮き出る様は、淫猥《いんわい》にも、清廉にも見えるから不思議だ。どちらにしても、その女体がひどく憐れに見えるのはどうしてなのか。

脇腹にさらに自分の印を刻みつつ、片手でゆっくりと内腿の肉を撫でていく。女の体は男よりも体温が低く、脂肪の多い部分は特に冷たく感じる。柔らかいのにほのかに冷たいという絶妙な触り心地が、男の胸に奇妙な焦燥《しょうそう》感を生むことを、真麻は知っているだろうか。

大切に守りたいけれど、めちゃくちゃにしたい。

相反する欲を一度に抱く不思議は、生物としてのバグだと思ってしまうが、バグがあるから生物なのだとも言える。

（……考えてみれば、真麻に関して俺は、バグばかり起きている気がする）

自身の感情すらままならないことなど、子どもの頃を除けばほとんどない人生だったというのに、真麻に関してはほとんどがままならない。

彼女に振り回されていると思うが、おそらくそれは彼女も同じだろう。

そしてその状況に幸せを感じているのも、二人同じなのだ。

太腿を滑っていた手を、さらにその奥へと進ませた。柔らかな恥毛《ちもう》を指で掻《か》くようにすると、しっとりと湿った花弁に触れる。

ヒヤリとした内腿とは打って変わった熱い粘膜の感触に、ゴクリと喉が鳴った。

逸《はや》る気持ちを抑えつつ、花弁をそっと開き蜜口を指の腹で撫でる。入り口はまだ狭かったが、愛蜜をトロトロと零《こぼ》し始めていた。

千早はそれを指に絡めると、ゆっくりと粘膜を揉みつつ、入り口の上に隠れた真珠へと指を伸ばす。柔らかい包皮に覆われたそれを円を描くように捏ねてやると、真麻が分かりやすく反応した。

「んっ……あっ、ぁあっ」

猫のような声を聞きながら、体をビクビクと震えさせる真麻が可愛くて、千早は頭を下げてその場所へと顔を埋める。膨らんでその頭を覗《のぞ》かせている陰核を舌先で弄ると、真麻が背を弓形《ゆみなり》にして悲鳴を上げた。

「ひ、ぁあぁんっ！」

やはり男同様に女性でも陰核は感じやすい器官のようで、まだ弄ってもいないのに蜜口の中から愛液がとろりと溢れ出す。完全に熟した南国の果実のような香りが、千早の鼻腔に入り込む。

（……っ、これは……！）

匂いを嗅いだだけで、ゾクゾクとした快感が背筋を走り抜けた。

酒に酔った時のようにぐらりと眩暈を感じ、瞬きをした次の瞬間には、喉が干上がるような渇きを覚えた。

その甘い香りのする体液を啜《すす》ることしか考えられなくなって、千早は夢中で蜜口にむしゃぶりつくようにして口をつける。

香り同様に、真麻の愛液は甘かった。濃厚なまでに甘いのに、どれだけ啜ってもまだ足りず、舌を伸ばして膣内《ナカ》へ侵入し、溢れ出る甘露を刮《こそ》げ取ろうとめちゃくちゃに掻き回す。

そうやって口淫をしていると、ちょうど自分の鼻先に真麻の陰核があって、ついでとばかりに鼻でそれをグリグリと押し潰してやると、真麻の体がまたビクビクと跳ねた。

「ぁっ、あぁっ……千早さっ……！　やぁ、もう、それ、気持ち好すぎて、変になるっ……！　ああっ、また……、また、来ちゃうっ、やぁあぁあ！」

敏感な場所への執拗《しつよう》な攻撃に、真麻が甲高い嬌声を上げ体を大きく痙攣させる。

絶頂したのだと分かったが、千早は口淫をやめなかった。やめたくなかった。

（ああ……美味い……、甘い……、もっとだ。もっと欲しい……！）

湧き起こる強烈な欲求はまほらの食衝動とよく似ていたが、だが彼女を食べたいという欲求ではない。

たとえるなら、『極限まで喉が渇いた状態で、ようやく水を与えられた時』と同じような感じとでも言えばいいだろうか。

涼やかな水が干上がった喉の粘膜を潤し、渇いて死にかけていた体の細胞の一つ一つが、息を吹き返していく感覚だ。

真麻の甘露はとにかく美味く、飲むほどに自分の体が満たされていくのを感じる。

理性はまだ手放してはいないものの、真麻の声もどこか遠くに聞こえていて、自分の強引で執拗な愛撫に何度も絶頂しているのも分かっているのに、彼女を気遣うよりも甘露を啜ることに集中していた。

だが啜っても啜っても満足できない。

愛液を啜るだけでは、この渇きが癒《い》やされないことに気づいた千早は、本能に導かれるようにして動いた。

口淫をやめて上体を起こすと、横たわる愛しい者を見下ろす。

幾度も絶頂させられたせいか、真麻はぐったりとベッドに身を投げ出していて、千早がじっと見つめていることを恥ずかしがる余裕もなさそうだった。

白く滑らかな肢体に、自分の付けた赤い痕が花びらのように全身に散っていて、美しかった。

降ったばかりの雪の上に落ちる椿《つばき》の花のようだと、酩酊した思考の裏側で思いつつ、千早はむっちりとした脚を開かせ、その間に陣取った。

開いた脚の付け根には、先ほどまで夢中で舐めしゃぶっていた花園がある。愛蜜なのか、自分の唾液なのか分からないが、濡《ぬ》れててらてらと光るきれいなピンク色の肉は無垢《むく》でいやらしく、見ているだけで喉の渇きが強くなった。

千早は無言で痛いほどに勃起した肉竿を掴むと、真麻の小さな雌孔に当てがう。密着した亀頭に温かく濡れた感覚が伝わり、心臓がバクバクと音を立て始めた。

早くこの中に突き入れたい。

温かい肉に包まれる瞬間を想像して、舌舐めずりをした。

「……ぁ……、ちーく、ん……」

懐かしい愛称を呼ばれ、目を見張ってそちらへ視線を向けると、とろりとした眼差しをした真麻が、細い両腕をこちらへ向けて開いていた。

『ちーくん、ちーくん、抱っこしてぇ！』

稚《いとけな》い幼児の声が脳裏に響いた。

かつて同じ仕草《しぐさ》で抱っこを強請《ねだ》られたことを思い出し、千早は体を倒す。

すると真麻は嬉しそうに微笑んで、千早の首に腕を回してしがみついてきた。

「……嬉しい。早く、一つになって、ちーくん」

耳元で囁《ささや》かれ、千早は彼女の唇に噛みつくようなキスをしながら、一気に腰を押し進めた。

ずぶり、と己の熱杭が熱い泥濘《ぬかるみ》に呑み込まれていく。

「んんんんぅううう！」

キスで口を塞《ふさ》がれたまま、真麻がくぐもった悲鳴を上げたが、その体はなんの抵抗もなく千早の雄芯を受け止めていた。いとも容易く根本まで咥《くわ》え込んだ隘路《あいろ》は、媚肉をさわさわと蠢《うごめ》かして侵入者を歓待している。

まるでこれをずっと待ち望んでいたと言わんばかりだ。

だが、それを不思議には思わなかった。

こうなることは、出会った時から決まっていたのだ。

なんの根拠もないが、それが正しいのだと、千早は確信していた。

千早は真麻のために、真麻は千早のために存在する。ただそれだけだ。

（ああ、気持ち好い……）

真麻の膣内《ナカ》は気持ち好かった。熱く濡れていて、ぎゅうぎゅうと締め付けてくる。蜜襞が千早の形を覚えるように絡み付き、吸い付くように蠢くものだから、腰を振らなくても脳髄を直撃するような快感を覚えた。

繋がった部分から溶け出して、真麻と溶け合ってしまいそうだった。

（だが……まだ足りない……！）

まだ喉の渇きは治っていない。どうしたらこれが治るのか見当も付かないのに、自分の体が分かっていると叫んでいた。

体が訴えるままに、千早は動いた。

真麻を抱き締めたまま、真麻の内側を犯す肉竿を前後させ、最奥を穿《うが》ち始める。

「んっ、んぅっ、んんぅう！！！」

「真麻……！　真麻、真麻……！」

キスの合間に名前を呼び、呼んではまたキスをする。

舌を差し入れて彼女の甘い唾液を啜り上げながら、己の硬い肉で彼女の胎《はら》を貫き続ける。

熱い漲《みなぎ》りが蜜筒の中を刮ぎ回し、溢れた愛液がシーツをびっしょりと濡らした。

口からも繋がった部分からも粘着質な水音が立ち、それがひどく千早を高揚させた。

こんなに酷《ひど》い暴挙を振るっているのに、真麻はただひたすらに千早を受け止めてくれる。

首に回された腕や、涙目で見つめるその眼差し、そして自分を犯す凶暴な雄芯に健気に絡み付く蜜襞が、真麻が千早に向ける愛情の深さを物語っていた。

真麻は全身で、千早を愛してくれている。

それがダイレクトに伝わってきて、千早の胸が熱いものでいっぱいになった。

「真麻、愛してる――」

悦《よろこ》びに浮かされて腰を突き上げる。隘路の奥の奥――子宮の入り口を何度も抉《えぐ》っているうちに、真麻の体がガクガクと痙攣を始める。

これまでとは比較にならない強さで締め付けられて、千早は息を呑んだ。

快感が限界を突破し、睾丸にずんと重みを感じて歯を食い縛る。

脳が愉悦で甘く蕩《とろ》けるのを感じながら、千早は強い射精感に抗うようにして、最後の一突きでもう一度最奥を強く深く抉った。

「あ、あ、ぁあああ――――！」

真麻が悲鳴を上げて絶頂に達し、どぷりと膣の奥から体液が放出される。

愛液とも違うサラリとした液体の感触に、強烈なまでの快感を得て千早もまた高みへ駆け上がる。

真麻の一番奥に勢いよく精液を浴びせかけながら、千早は愛する人の体を抱き締めたのだった。

第四章　波乱

眠りについた真麻《まあさ》の寝顔を見つめながら、千早《ちはや》はため息をついた。

服を脱ぎ捨てた時に、一緒に放り投げたスマホが、ベッドの下で着信を表す振動をしている。

十分ほど前にも着信していたことに気づいていたのだが、今は出る気分ではなかったので放っておいたのだ。

なにしろ、最愛の恋人との初めての一夜を迎えたばかりなのだ。

ゆっくりと感慨に浸らせてもらいたい。

だが電話の相手は空気を読まないか、諦めの悪いタイプのようで、その十分後に再びかけてきた。おまけに着信がひどく長い。

これは留守番電話サービスに繫《つな》がるな、と真麻の髪を撫《な》でながら思っていると、案の定着信のバイブが止まった。

よし、これで諦めただろうと思ったのに、スマホは再び震え出した。

千早はため息を通り越して遠い目になった。

このしつこさは、間違いない。――父だ。

昔から普段放任主義なくせに、用事を言いつける時だけは、千早が応じるまで絶対に諦めない。

今回も、千早が出るまでかけ続けるのだろう。

(この粘り強さをどうしてビジネスに活かせなかったんだろうか……)

千早の父は先代の沢渡《さわたり》グループの社長で、現在は会長職にある。

この人も純血のまほらなので当然の如《ごと》く優秀な人ではあるのだが、祖父から引き継いだ会社にあまり興味がなかったようで、多くのことを部下に任せて自分は自由を満喫していた。もちろん、優秀な人材を采配して運営するタイプの経営の仕方もあるので、それが父のやり方だと言われればそれまでだが、この粘り強さを活かせば、父の時代にもっといろんなことができたのではないかと思ってしまう。

とはいえ、今はその粘り強さに辟易《へきえき》させられているわけだが。

千早はもう一度ため息をつくと、最後に愛しい恋人の頬をひと撫《な》でした後、ベッドを下りてスマホを拾い、ベッドルームを後にした。

『遅い!』

電話に出るなり、父の不機嫌そうな一喝が飛んできた。

やれやれと思いながら、千早も負けじと不機嫌な声を出す。

「遅いのはそっちでしょう。今何時だと思っているんですか。夜中の十二時ですよ？」

『夜中だろうが早朝だろうが、私がお前に電話をかけるのは火急の用件の時だ！　つべこべ言わずに出なさい！』

「どこがですか。この間、会議中にクロスワードの答えを訊《き》いてきたこと、俺は忘れてないですよ」

『御託はいらない』

「そっちの方が御託だろ……」

『いいから話を進めさせろ。……美能《みの》家からお前にアポイントメントを取りたいのに、取り次いでもらえないと苦情とイヤミを言われたんだが、心当たりはあるか？』

「ハッ」

出てきた名前に、千早は吐《は》き捨てるような笑いを漏《も》らした。

美能家——まほらの紫白《しはく》、五家の家門の一つである。

「もちろんありますよ。アポも取らずいきなり押しかけてきて、俺に会わせろと暴れた礼儀知らずのバカ女を警察に突き出しましたが、それが何か？」

あれは一月ほど前の話だ。

本社の受付に突然現れた女が、『私は社長の沢渡千早の婚約者です。彼を出して』と言い放ったのだ。当然千早が会うことはなく、警備員を呼んでお引き取り願ったのだが、それが女の気に障ったらしい。『私を誰だと思っているの⁉　婚約者だと言っているでしょう！　千早に会うまでここを離れません！』と金切り声をあげて暴れちぎったので、結局警察を呼んで連れて行ってもらったのだ。

冷笑混じりで答えると、電話の向こうで今度は父が深いため息をついている。

『……お前、それは美能の当主の姪の、高梨《たかなし》こずえだろう』

「そうでしたか？　興味がないものは記憶に残らない性質《たち》なもので」

しれっと受け流すと、父は苛立《いらだ》ったように声を荒らげた。

『全くお前は……！　彼女はお前の婚約者候補の一人だろうが！』

「父さん、俺に〝婚約者候補〟が何人いると思ってるんです？　まほら社会に蔓延《はびこ》る馬鹿《ばか》げた純血信仰のおかげで、同じ年頃の純血の女は全員俺の婚約者だと言われている。それこそ数十人はいるのに、一人一人覚えてなどいられるわけがない」

純血などに生まれたばかりに、周囲が勝手に千早は純血のまほらの娘と結婚するものと決めてかかり、当たり前のように純血の娘を差し出そうとしてくるのだ。

幼い頃から、何かにつけて同世代の純血の娘に引き合わされて、おまけにその娘たちが『我こそが沢渡千早の婚約者だ』という態度で競い合うものだから、巻き込まれて大変だった。

「そもそも、婚約者候補などとおっしゃいますが、沢渡《うち》があの迷惑女どもを婚約者と認めたことは一度もない。妄想して勝手に主張しているだけのサイコパスを相手にする理由などないでしょう」

父とて、まほらを苦々しく思っている一人だ。なにしろ、最初の妻には人間を選んだくらいなのだから、人間を劣等種と思っているわけがない。千早の配偶者に関しても、あちこちから婚約の打診がきても、全て『うちは本人に決めさせるつもりなので』と退け続けてくれていた。

だから今回も納得してくれると思っていたのだが、父は苦い口調で言った。

『……千早、お前ももう三十歳になった。いい加減腹を括《くく》る頃合いなんじゃないのか？』

「……驚きましたね。父さんがそんなことを言うなんて。純血信仰に宗旨替えですか？」

『軽口を叩《たた》くな。三十という年齢の時、私にはすでに蘇芳《すおう》とお前がいた。結婚を視野に入れろと言われるのは当然だろう。お前は純血で、沢渡の次期当主だ。配偶者には純血を求められる以上、気に食わないかもしれないが、〝婚約者候補〟の中から一人選ばなければいかん。……そうでなくては、お前を夫にと期待して待っているあの娘たちが婚期を逃してしまうだろう』

父の説得に、千早は再び冷笑を吐き捨てる。

「自称〝婚約者〟を名乗るサイコパスな女たちが婚期を逃すからどうだと言うんです？　俺の

知ったことじゃない！　婚期を逃したくないと言うなら他の男と結婚すればいいだけの話でしょう！　なぜあのサイコ女どもの婚活に俺を巻き込むんですか！」

『いい加減にしないか、千早。お前はなんのためにあれほど苦労して、沢渡を紫白に戻したんだ？　五家の当主になる以上、あの中から妻を選ぶしかないだろう！』

「俺の目的は、〝姉さんのような悲劇をもう二度と起こさない〟ことだ。そのために沢渡を五家に戻す必要があっただけで、それが目的ではない。桃蜜香《とうみつこう》の処遇に関する全権を勝ち取った以上、五家でいる理由はありません。俺が当主に相応《ふさわ》しくないと言うなら、外してくださって構いませんよ」

『おい、千――』

言うべきことを言った後、千早はスマホの通話を切って電源を落とした。

これ以上話しても無駄だ。

「……全く、反吐《へど》が出る」

まほらの純血信仰も、閉鎖的なまほら社会も、糞食らえだ。

まほらが人間社会に溶け込む道を選んだ以上、純血を尊《たっと》ぶことになんの意味があるのか。そもそもその道を選んだ理由は、まほら同士では出生率が低く絶滅の危機に晒《さら》されたからだ。人間と交わらなくては種の存続すら困難だった弱小種族が、なぜ人間よりも優れていると思えるのか。

「しかし、そろそろ何か対策を取るべきか……」

父には次期当主から外してもいいとは言ったが、そうすると紫団長《しだんちょう》からも外されるだろう。

紫和様こと八隅から桃蜜香に関する全権を付与されたとはいえ、紫団長から外されれば、これ幸いと他家が横槍を入れようとしてくるのは目に見えている。

「全く、面倒なことだ」

いっそのこと、まほらの全てを捨てて、真麻と二人きりの世界に逃げてしまおうか——。

なんのしがらみも面倒もなく、真麻と寄り添って生きる生活を想像して、千早の口元に笑みが浮かんだ。

非常に魅力的な選択だ。

(……だが、選ぶことはできない。今は、まだ)

脳裏に浮かぶのは、青白い姉の死に顔だ。

(あの時、俺は姉さんに誓った。決して投げ出すわけにはいかないんだ)

心の中で自分自身に言い聞かせると、千早は再び最愛の恋人が眠るベッドルームへ戻っていった。

＊＊＊

頬に触れる温もりに目を覚ますと、目の前に端正な美貌があって仰天した。

精悍《せいかん》な輪郭に、完璧な形をしたパーツが整然と並んだその顔は、まるで絵画の天使のような美しさだ。男性なのに陶器のように滑らかな肌が羨《うらや》ましい。

「おはよう、真麻」

麗《うるわ》しの天使は、飴《あめ》色の目を優しく細め、艶《つや》やかな声で言った。

「――っ、ち、千早さん……⁉」

なぜ彼が自分のベッドに⁉　と一瞬混乱したが、すぐに昨夜の記憶が甦《よみがえ》ってカッと赤面した。

（……っ、そうだった、私、昨日、千早さんと……！）

一線を越えたのだ。

病院で狭霧《さぎり》と話をした後、帰宅して言い合いになった。狭霧の提案を試してみるべきだと言った真麻に、千早がひどく怒ったからだが、でも話し合ってみれば、二人とも相手を思っての言動だったことが分かった。お互いに気持ちを隠したままでいたせいで、喧嘩《けんか》のようになってしまったのだ。

気持ちを伝え合ってからは早かった。

ベッドの上で彼にされた、あんなことやこんなことが脳裏に鮮《あざ》やかに甦って、真麻はバフッと頭からシーツを被る。恥ずかしすぎて、千早の顔をまともに見ることができなかった。

「なんだ、かくれんぼか？」

千早がクスクスと笑いながらシーツを剥《は》ごうとしてきたが、真麻は剥がれまいと必死にシーツを掴《つか》む。

「ちょ、ちょっと……今、恥ずかしいのでっ……！」

「ええ？　何が？」

「だ、だって、その、は、裸っ、だし……!?」

本当は裸を見られるのが恥ずかしいというより、千早に抱かれた記憶を反芻《はんすう》してしまって彼の顔を見られないだけだったが、それを口にするのがまた恥ずかしくて適当に言った。

すると千早がクッと喉を鳴らして笑うのが聞こえた。

「今更だろう？　昨日全部見たのに」

「～～～ッ！」

艶っぽい声で囁《ささや》かれ、真麻の顔にさらに血が上る。

「もうッ！　そういうこと言わないでくださいっ……！　千早さんの顔、見れなくなっちゃいますッ！」

顔が茹《ゆ》でタコのように熱くて、頭が沸騰しそうだ。

涙目で文句を言うと、千早がまたクスクス笑って「ごめんごめん」と謝った。

「シーツで丸まる真麻も可愛《かわい》いから見ていたいけど、そろそろベッドから出てもらわないとな。今日、もう一度狭霧の所に行かないといけないだろう？」

「あっ、そうでしたね……！」

狭霧から『明日もう一度来るように』と言われていたことを思い出し、真麻はシーツから顔を出した。

その瞬間を狙ったかのように、ちゅ、と啄《ついば》むようなキスをされた。

「……っ!?」

「やっと可愛い顔が見れた」

完璧すぎるほどに整った美貌が、至近距離でにっこりと微笑《ほほえ》む。

美形の微笑みの威力たるや。

その圧倒的な美しさに息を呑《の》みながら硬直していると、千早の大きな手が乱れた髪を撫でてくれる。

「……ふ、子どもみたいだな。髪、くしゃくしゃだ。シャワーを浴びておいで。その間に朝食を用意しておくから」

柔らかい口調で言い置くと、千早はもう一度キスを落とした後、寝室を出て行った。

残された真麻は、呆然《ぼうぜん》と彼の後ろ姿を見送った後、バフッとベッドに突っ伏して呻《うめ》く。

「……あ、甘すぎる……！」

自分に向けられる千早の眼差《まなざ》しが、言葉が、仕草《しぐさ》が、全て甘すぎて脳が沸騰しそうだ。

昔から真麻に甘い人だったけれど、恋人となってからの甘さはその比ではない。

前がハチミツだとしたら、今は練乳キャラメルチョコレートといった具合だ。甘さマシマシ、喉が痛いくらいのレベルである。

眼差し一つで腰が砕けてもおかしくない。

真麻を見る目がもう色気ダダ漏《も》れで、あの眼差しに晒《さら》されて鼻血が出なかったのが不思議なくらいだ。

「……これ、心臓持つかなぁ……」

真麻は自分の胸を押さえながら、情けない独り言を呟《つぶや》いたのだった。


血液検査の結果を聞きに、再び狭霧の研究室を訪れた真麻と千早は、検査結果が項目別に並んだシートを、ポンと手渡された。

（……ん？　これって、健康診断の時の検査結果と同じやつだよね？）

真麻はここで会社の健康診断を受けているので、見覚えがあった。

「これは真麻の血液検査の結果か？」

「そう。まあ、一般的な検査だね。何か数値の異常があるかもしれないし、この病院の検査技師に血液を送って、出た結果だよ。見れば分かるけど、ちょーっとヘモグロビン値が低いけど、まあ鉄剤出しとけば問題ないでしょ。異常なし！　健康体そのもの！」

おめでとう！　と言わんばかりの笑顔で言う狭霧に、千早が額に青筋を作る。

「おい、ふざけるな。俺は真麻の健康診断をしてくれなんて頼んでないぞ。桃蜜香の体臭の原因の究明を……」

「もう、ちゃんと話は最後まで聞いて。……はい、これを見て」

狭霧がジロリと千早を睨《にら》みつつ、パソコンを操作して一枚の画像を出した。

（これは……ええと、構造式、だっけ？）

画面に映っているのは、高校生の化学の授業の時に見たような、アルファベットと蜂《はち》の巣に似た形に伸びる線で構成される図式だ。

ちなみに、真麻は文系だったので、化学に関してはちんぷんかんぷんである。

だが千早は化学の知識があるようで、まじまじとモニター見た後、顎に手を当てて言った。

「これは……オキシトシンの構造式か？」

千早の解答に、狭霧は嬉《うれ》しそうにパチパチと手を叩《たた》く。

「へえ、さすが坊ちゃん、詳しいねぇ！　でもハズレ〜。オキシトシンにそっくりだけど、これは新種の性ホルモンだよ。名前は……そうだな、仮に〝アンブロシアン〟とでもしとこうかな？」

「アンブロシアン……？　ギリシャ神話に出てくる神々の食べ物のことか？」

「本当に博識だよねぇ、坊ちゃん。まあ、その通りです。ネーミングは神々の食べ物——アンブロシアから取ってます。我ながらセンスあると思うわ〜」

自画自賛する狭霧を面倒くさそうに見ていた千早が、何かに気がついたようにハッとした表情になった。

「待て。つまりこの新種のホルモンは……」

「うん。真麻ちゃんの血液中に存在したホルモンってこと」

ニンマリとした笑みを浮かべ、狭霧は腕を組んで胸を反らす。

「上がってきた血液検査の結果見て問題ないから、多分検査項目にない物質か、あるいは既存の物質に酷似した構造をしてるがゆえに、識別できないまま既存の物質と誤認してカウントされてるか、どっちかだと思ったんだよねぇ。それでこの私が直々に真麻ちゃんの血を調べてみたら、ビンゴだったってわけですよ。〝桃蜜香の匂いが異性のまほらにしか作用しないのは生殖に関する何かが関わってるからでは〟っていう私の仮説をもとに、まずは性ホルモンに限定して調べたのもこれだけ早く発見に至った理由ってわけ！　はっはっはー！　私天才じゃない⁉　新種のホルモン発見しちゃったんだけど！　ヒュー！」

大興奮で自分の功績を褒《ほ》めまくる狭霧は、大変上機嫌だ。

真麻は半分くらい彼女が何を言っているか分からなかったが、要するに真麻の体の中に新種のホルモンが存在していたと言うことだろう。

真麻と違い千早は全部理解できているようで、狭霧にさらに質問をぶつけている。

「つまり、そのアンブロシアンの分泌が桃蜜香の匂いを生成するってことか？」

「それはまだ不明だけど、普通の人間には存在しないホルモンだから、匂いの生成に関わっている可能性はかなり高いと思う。なんせ桃蜜香の匂いは他の人間にはない機能だしね。とはいえ、このアンブロシアンが具体的にどんな働きをするのかは、まだわからないとしか言えないね。もちろん、これから解明していくけど」

「どのくらいで解明できる？」

急《せ》かすような千早の物言いに、狭霧が「うーん」と苦笑を漏《も》らした。

「君たちの協力が不可欠だし、人体相手の検査と実験になるから、正直、年単位の長丁場になるよ。全部の検査なんかしてたら時間もお金も莫大にかかるし、ある程度目星をつけてやっていくつもりではあるけどさ。私の仮説としては、オキシトシンに酷似した分子構造をしているから、その働きも似ているんじゃないかな、ってところ。あー、でも、バソプレシンもオキシトシンとそっくりで、アミノ酸が一個違うだけなのに全く違う働きするからなぁ。……うん、ま、要するに調べてみないことには、なんとも言えない」

「バソプレシンは腎機能に関わるホルモンだったか？」

「そそ。体内の水分量をコントロールしてるやつ。オキシトシンは、出産時の子宮収縮とか出産後の母乳生成促進……と、あとはスキンシップや性行為で分泌が促されて、多幸感や安らぎを与えることから、〝愛着ホルモン〟なんて呼ばれてるね」

「確かに全く違う働きだな」

「でしょー」

二人のやり取りが高度すぎて、真麻はポカンとしてその様子を眺めていた。

医師である狭霧はともかく、医療従事者でもない千早の知識量がすごすぎる。

真麻が理解できていないことに気づいたのか、狭霧が慌ててこちらに向き直った。

「ごめん、私の説明、難しいよね？　私、噛《か》み砕いて説明するの苦手でさ〜」

「え、えっと、新種のホルモンが私の体で作られてて、その働きを調べるために、いろんな検査と実験をしていくってことですよね？」

「あ、そうそう。その通り！　真麻ちゃんは頭がいいねぇ！」

狭霧に子どものように褒められて、苦笑が漏れる。

「あ、そうだ！」

何かを思いついたように、狭霧がポンと手を叩《たた》いた。

「セック——じゃなくて、えーと、唾液以外の体液を摂取する実験、してみた？」

どうやら昨日千早に怒鳴られたことを思い出したのか、セックス、と言いかけてやめたらしい。

（でももうそこまで言ってたら一緒です、先生……）

真麻の隣では、額に青筋を立てた男が苦虫を噛み潰したような顔になっている。

そして、その質問にすんなりと答えられる人は果たして存在するのだろうか。

汗や涙、あるいは血液を舐《な》めた、程度なら報告できるだろうが、それ以外の体液を摂取するにはなかなか特殊な環境が必要ではあるまいか。

そして真麻と千早は、奇《く》しくも狭霧の提案通りのことをしてしまっている。

狭霧はあくまで医師であり、純粋に『実験の結果』を知りたいと考えているのは分かっているが、真麻の方が羞恥心《しゅうちしん》を乗り越えられない。

「え、えっと……それに、ついては……、その……」

どうすべきかと激しい葛藤を抱えつつ、ゴニョゴニョと言い淀んでいると、狭霧はどうやら勘違いしたらしく、やれやれとため息をついた。

「坊ちゃんが怒るから、真麻ちゃんが萎縮しちゃってるじゃん」

「えっ、い、いえ、そんな……」

真麻が怒っている千早に怯《おび》えているのだと勘違いされて、慌てて誤解を解こうとしたが、狭霧は千早にビシッと指を突きつける。

「セックスの件も、坊ちゃんはそうやって怒るけど、実験する価値は絶対にあるよ。だいたい、この調査を依頼してきたのは坊ちゃんの方でしょうが。まほらの食衝動をなんとかしたいって言うなら、依頼主自ら協力してくれないと、本末転倒だと思いますけど⁉」

紛うことなき正論に、千早が目を閉じた。しばらくそのまま考え込むように押し黙った後、彼はため息をついて口を開く。

「……お前にだから伝えておくが、俺は真麻と結婚するつもりだ」

唐突な宣言に、狭霧だけでなく真麻も仰天した。

「は……はぁッ⁉」

「え、ぇえっ⁉」

ほぼ同時に声を上げた狭霧と真麻は、お互いの顔を見合わせる。

「いや、真麻ちゃんも驚いてるじゃん⁉　どゆこと⁉　知らなかったの⁉」

「え、いや、あの、えっと、はい……」

こればかりはフォローできず、タジタジになりながらも頷《うなず》くしかなかった。

（だ、だって、そんな、何も言われてないのに！）

確かにお互いに特別な人だと確かめ合い、身も心も一つになった。

しかし恋人同士になったのは昨日の出来事で、結婚だなんて話は、二人の間で一度も出ていない。そんな人生の一大イベントを決めるのに、性急すぎやしないだろうか。

そう思いながら千早の方を見たが、彼は平常通りの落ち着いた表情だ。

「当事者抜きに結婚する気でいるのおかしいでしょ！　さては坊ちゃん、バカだろ⁉」

狭霧の罵倒《ばとう》に、千早は「うるさい、黙れ」と応酬する。

「俺だってちゃんと時と場所を選んで言いたかったが、今ここで言っておく必要があるから言ったまでだ。真麻には後日ちゃんとしたプロポーズをするつもりだ。安心してくれ」

最後はこちらを見てにっこりと微笑まれ、真麻はなんと返事をすればいいか分からなくなる。

プロポーズ予告をされてしまった。

（プロポーズって予告されて受けるものなの……？）

サプライズとかそういうのは必要ないということか。

急すぎる話に頭が混乱しかけている真麻だったが、だが千早からのプロポーズが嬉しくないわけがない。

（……千早さん、私との関係をちゃんと考えていてくれたんだな……）

正直に言えば、今の今まで、彼との関係が結婚に繋《つな》がることを想像できていなかった。

真麻はこれまで恋愛を度外視した人生を歩んできたため、結婚というものが自分とは無縁のものだと思っていたし、なによりも千早と自分では立場が違いすぎることもある。千早は大企業の創設者一族の御曹司で、自分は母親に捨てられ、育ててくれた養母とも死に別れた天涯孤独の身の上だ。育ってきた環境も現在生きている環境も違いすぎる。

（それに、千早さんはまほらという存在だし……）

人間によく似た、けれど人間よりも多くの点で優れた存在。これまでの話から、まほら特有の社会も存在しているようだし、その社会の中でも千早の家は名家と呼ばれる家らしい。

あらゆる点を考慮して、千早の家族が自分を認めてくれるかどうか、不安しかない。

（……でも、ずっと彼の傍《そば》にいたいと思っているもの）

自分にとって、千早はもう切り離すことのできない、魂の片割れのような存在だ。ずっと大切な存在だったけれど、身も心も結ばれた今、彼との絆《きずな》がより強くなったのを感じている。

（だったら、私の答えは一つしかないじゃない）

真麻は決意を固めると、千早を真っ直《す》ぐに見つめて頷いた。

「はい。待ってますね！」

真麻の返事に、千早がふわっと花が綻《ほころ》ぶように笑う。

その微笑みがあまりにもきれいで、真麻はドキッとして見惚《みと》れてしまう。

「うわ……坊ちゃんのそんな笑顔初めて見たんですけど……。いや、っていうかどさくさに紛れてイチャコラしないでくれます⁉　私は何を見せられてるの⁉」

狭霧の叫《さけ》びに、真麻は「確かに」と思ってしまった。

だが千早は淡々と「お前が協力しろと言ったんだろう」と言って、一度深いため息をつく。

「……俺と真麻は、昨日性行為をした」

千早があえて『性行為』という言葉を使ったのは、あくまで狭霧を医師として扱っていると言いたかったのだろう。確かに自分たちのそういう行為を人に話す際、そういう割り切り方をしないと難しい。

「えっ……」

狭霧は意外だったのか、一瞬驚いた表情になったが、すぐに真顔になった。

「そうだったの。じゃあ、さっきの私の発言は申し訳なかった。……でも、なんでプロポーズ？」

「俺たちは実験として行ったわけではないから、それを真麻に誤解させたくなかった」

「ああ、そういう……。なるほどね……」

納得したように頷きながらも、狭霧は眉間に皺《しわ》を寄せた難しい表情をして考え込むように口を閉ざす。

その妙な間に違和感を覚えて真麻は首を捻《ひね》ったが、狭霧はすぐに「まあ、いっか」と言って椅子《いす》をクルリと回転させ、パソコンに向かった。

「じゃあ聞き取りをしていくんだけど、お祭しの通り、センシティブなことにも踏み込んだ内容になるから、二人一緒だと言いづらい可能性がある。だから一人ずつやっていこうかな。まずは坊ちゃんからしていくから、真麻ちゃんは一旦《いったん》出てってくれるかな？」

「あ、分かりました。じゃあ……」

狭霧に退出を促され真麻が頷いて立ち上がると、千早が「待て」とそれを止める。

「真麻はここにいろ。別室の安全が確保されているとは言えない」

「え、大丈夫だよ。ここの研究棟はセキュリティキーを持った関係者しか入れないし」

驚いたように狭霧が言ったが、千早は納得しなかった。

「念には念を、だ。万が一他の男のまほらが入り込んだ場合、この部屋に真麻がいて、俺が外にいた方が守れる。出ろ、狭霧」

問答無用とばかりに立ち上がって部屋を出ようとする千早に、狭霧が「やれやれ」と言いながら後に続く。

「じゃあ、真麻ちゃん、ちょっと待っててね」

「あ、はい……」

ヒラヒラと手を振る狭霧に手を振り返すと、真麻は研究室に一人ポツンと残された。

「……ああ、びっくりしちゃったなぁ……」

一人になったことで気が抜けて、大きなため息を吐《は》き出しながら両手で顔を押さえる。

思い出すのは、千早のあの微笑みだ。プロポーズを待っていると返事をした時、本当に幸せそうに笑ってくれた。真麻の返事を心から嬉しいと思ってくれていると分かる笑顔に、こちらまで幸せな気持ちでいっぱいになった。

(本当に、私と結婚したいと思ってくれてるんだな……)

そう実感できて、面映《おもは》ゆいような、それでいて思い切り彼に抱きついてしまいたいような、複雑な喜びが込み上げる。

(結婚……結婚かぁ。なんだかピンとこないけど……)

複雑な生い立ちの真麻には、夫婦という存在が身近ではなかった。だから結婚して夫婦になるということが、具体的にどういうものなのか分からない。

「私、まともな妻になれるのかな……?」

それでなくとも、まほらという存在は真麻にとって未知のものだ。同じ日本であってもその地方によって様々な作法があるように、まほらにとっても真麻の知らない作法が山ほどあるだろう。

（おまけに私は桃蜜香《とうみつこう》という特殊な存在だし……）

一人になって考え出すと、不安が込み上げてきてしまう。

これはいかん、と真麻は頭を振って考えるのをやめた。

「ダメダメ！　案ずるよりも産むがやすしって言うし！　二人のことなんだから、二人で解決すべきだよね。不安だったら千早さんに聞けばいいのよ。仕事でも大事なのは、報・連・相！」

自分で自分に言い聞かせるように言うと、真麻は一度深呼吸をする。大きく息を吸ってゆっくりと吐き出すと少し落ち着きを取り戻した。

『取り乱した時には、深呼吸するのよ、真麻ちゃん。落ち着いてやれば、あなたにできないことなんてないわ！』

亡くなった養母の波瑠緒《はるお》が、高校受験の時にそう言って励ましてくれた。

（……そうだよね、お母さん）

大好きだった養母の優しい笑顔を思い出し、真麻は微笑んだ。

実母の記憶はほとんどない真麻にとって、母は波瑠緒だけだ。彼女からたくさんの愛情を注がれたから、まともな人間として生きてこられたのだと思う。

幼少期に親から育児放棄をされていたせいで、幼い頃の真麻は発達段階が遅れていた。喜怒哀楽が乏《とぼ》しく、他者とコミュニケーションを取るのも苦手で、突然怒り出したり泣き出したりしていたそうだ。

波瑠緒はそんな真麻に辛抱強く付き合い、愛情いっぱいに育んでくれた。

彼女がいなければ、自分はきっと周囲から嫌われ、疎外された人生を送ることになっていただろう。

「お母さんにも、千早さんに会ってほしかったなぁ」

波瑠緒は、真麻が千早という恩人の少年に会いたいとずっと思い続けていたことを知っていた。子どもの頃に『ちーくんに会いたい』と泣いて困らせたし、少女という年齢になっても『いつかちーくんに会ってお礼を言うの！』とことあるごとに言っていたからだ。

だから再会できて、しかも恋人になったなんて知ったら、きっと喜んでくれるはず。

「今度千早さんに、一緒にお墓参りに行ってくれるか聞いてみよう……」

そう呟いた時、ブブッというスマホの振動音が聞こえてきた。

一瞬自分のスマホだろうかと思ってバッグの中を見たが、真麻のスマホに着信はない。

（……誰のだろう？）

不思議に思って周囲を見回せば、千早が座っていた椅子の上にスマホがあって、それがぶるぶると震えていた。

「あ、千早さん、落としたんだ！」

おそらくポケットに入れてあって、立ち上がった時に落ちたのだろう。

どうしよう、と真麻が悩んでいる間も着信は止まらず、スマホが振動し続けている。

「これだけ長い間かけ続けてるってことは、きっと急用だよね？」

彼は大企業の社長だ。真麻を守るために今はリモートで仕事を捌《さば》いているから、しょっちゅうメールや電話が入っているのを知っている。緊急事態が起きて、すぐにでも千早の指示が必要なこともあるかもしれない。

「どうしよう。千早さんに届けた方がいいよね？」

恋人とはいえ他人のスマホに触るのは気が引けるが仕方ない。

真麻は振動を続けるスマホを取ると、千早を探しに研究室を出た。

ここの建物は、大学の建物とよく似た作りになっていて、狭霧の部屋の他にたくさんの研究者の部屋が並んでいるが、人の気配を感じない。おそらく真麻のために人払いをしているのだろう。申し訳ないと思いつつ、二人を捜して廊下の先へ向かう。

エレベーターの前に、自販機が置かれた談話室のような部屋があったから、二人がいるとしたらそこだろう。

談話室の近くに来ると話し声が聞こえてきたので、真麻は微笑んだ。

ノックをしようとドアに近づいた時、中から狭霧の怒鳴り声が聞こえてきて動きを止める。

「何ばかなこと言ってるんだよ！　軽はずみすぎるだろう！　人間と結婚なんて、次期当主で純血のまほらである君ができるわけがないのに！」

ギクッと身が竦《すく》んだ。

それと同時に、「やはり」と思う自分もいた。

立場の違いすぎる千早と自分との間に、困難がないはずがない。詳しくは聞いていないが、千早はまほらの中でも高い地位にある人らしい。

（……純血……。そっか、千早さんは、人間の血が混じっていない、純血のまほらなのね……）

まほらは同種間では出生率が低いけれど、人間との間ならば容易《たやす》く子どもができるらしく、種の存続のために人間と交わる道を選んだと、千早に聞いた。

不思議なことに、純血というものを尊ぶ風潮はどこにでもある。歴史的にはヨーロッパの王族の例がある。王家の血筋を尊んだ結果、血が濃くなりすぎて生まれてくる子どもが虚弱であったり、重い障害を抱えてしまったりという悲劇を生んだことでも有名だが、それでもなお、純血信仰は存在し続けているという。

まほらもまた例外ではなく、純血である彼の妻には純血の女性が相応《ふさわ》しいとされるだろうことは想像に難くない。

薄々はそうではないかと思っていたが、現実を突きつけられた気がして、真麻は胸の底に不安の澱《おり》が溜まっていくのを感じた。

「全く、どうするんだよ、結婚なんて言っちゃって……！　可哀想《かわいそう》に、あの子、本気にするぞ。だいたい君には婚約者がいるだろう。あっちはどうするんだよ？」

責めるような口調で言う狭霧の声に、真麻はさらに追い打ちをかけられる。

(婚約者……!?　千早さんには、婚約者がいたの……!?　嘘《うそ》でしょう!?)

だとすれば、千早はその婚約者を裏切って真麻と関係を持ったということになる。

自分が傷つくだけならまだマシだ。他人を傷つけてまで自分の想いを遂《と》げるなんて、絶対にしたくなかったのに。

(嘘だ。……お願い、嘘だと言って、千早さん……！)

祈るようにして千早の回答を待っていたのに、聞こえてきたのは否定ではなかった。

「自称婚約者、だろうが。妄想癖のある非常識なバカ女どもだ。沢渡《うち》が打診された婚約を受けたことは一度もない」

「そうは言うけど、紫白の当主は純血の花嫁を求められる。君が沢渡の当主になるつもりなら、その妄想癖非常識女たちの中から花嫁を選ばないと。人間である真麻ちゃんを選ぶことはできないよ。そんなことをしたら、沢渡はまた紫白から下ろされてしまうかもしれないだろう？」

狭霧の口調は、まるで聞き分けのない子どもに言い聞かせるようなものになっている。

それは千早に向けられたもののはずなのに、真麻は自分に言われているような気持ちになって、自嘲が込み上げた。

普段おちゃらけた言動が多い狭霧が、人を諫《いさ》める役に回っていることが、千早と真麻の結婚がまほら社会でいかに非常識であるかを物語っている。多くの人に反対され、非難されるようなことなのだろう。

(千早さんは、それでも私と結婚したいと思ってくれているってことなのかな……？)

それを嬉しいと思う。だが、手放しでは喜べなかった。

自分を選ぶことで、彼が手にしている多くのものを手放さなくてはならないと思うと、胸が塞《ふさ》がった。

(そんなことはさせられない……。だって、私にはそんな価値はないもの……)

社会的地位も財産もなく、親兄弟すらいない。何も持たないちっぽけな存在だ。

身を引くべきだ、と思った。自分は千早に相応しくない。

だが千早から離れると思った途端、激しい拒絶が胸に湧き起こった。

（……いやだ！　いやだ、いやだ！　千早さんの傍を離れたくない……！　だって、私の唯一の人なのに。千早さんは、やっと手に入れた私の居場所なんだから……！）

幼い頃に一度手に入れたはずのその安息の場所は、手に入れたと思ったら消えてしまった。

ずっとずっと、あの場所に帰りたいと思い続けていて、ようやく再び手に入れることができたのだ。

（この幸せを手放したくない。でも、千早さんには何も手放してほしくない。だって、千早さんには幸せでいてほしいもの。……どうしたらいいの？　どうすれば、いいんだろう……？）

両極の思いに苛《さいな》まれ、真麻は歯を食いしばる。

だがドアの向こうから聞こえてきた声に、息を止めた。

「真麻を選べないと言うなら、当主になんぞならなくてもいいさ」

気負うふうでもない、ごく自然な口調で、千早がそう言った。

その瞬間、真麻の中で荒れ狂うようだった葛藤が、ストンと鎮まる。

千早は真麻と結婚するために、まほらの社会も、家族をも捨てる覚悟でいるのだ。

（ダメよ、そんなこと）

させられるわけがない。

真麻はグッと腹に力を込めて顔を上げると、踵《きびす》を返して元いた場所へ戻っていく。
手の中のスマホは、いつの間にか静かになっていた。

第五章　騒動

正直に言えば、求婚を断られることはないと確信していた。

真麻《まあさ》のことは心から愛しているし、他の誰にも代えられない、千早《ちはや》の唯一無二の片割れだと思っているし、真麻もまた同じ気持ちであると信じていたからだ。

狭霧《さぎり》の病院で求婚予告をしてしまったことは、少々予定外ではあった。

あの日は、二人が結ばれたことを狭霧に言うつもりはまだなかった。

もちろん、報告の必要性はあると分かっていた。

真麻との性行為では、狭霧の予想した通り、普通ではない感覚に陥《おちい》った。

彼女の体液を甘く感じたし、その匂いに酩酊《めいてい》するような感覚がした。

そしてあの喉の渇き——真麻の甘い体液を欲してやまない、本能的で制御できない欲求だった。

桃蜜香《とうみつこう》の肉に喰《く》らいつきたいという食衝動とは違うけれど、欲求の強烈さが全く同じだ。

間違いなく桃蜜香によって引き出された感覚だろう。

だがそれは千早の感覚であって、真麻の方には自覚がなさそうだった。

そもそも彼女は初めてだったのだから、比較対象がないため、違いに気づくのは難しいだろう。

——性行為の経験を他人に語るなんて辱《はずかし》めを受けるのは、自分だけで十分だ。

そう思って、真麻のいないところで、後日報告するつもりだったのだ。

だがあの時、思いがけず狭霧が正論で攻めてきた。

(まあ狭霧の気持ちも分かる……)

桃蜜香の解析をしろと依頼した本人が実験に消極的だったら、腹が立つに決まっている。

だからこそ、あの場で報告することになってしまったのだが。

とはいえ、狭霧にそれを報告するとして、千早には一つ懸念があった。

真麻に、彼女を抱いたことを実験のためだったと思われてしまうことだ。

抱き合う前に言い争いをして、その点をちゃんといい含めたはずだから大丈夫だとは思ったものの、少しでも勘違いされたくなくて、求婚を宣言した。

まほら社会の不文律や、沢渡《さわたり》のこと、自称婚約者たちなど、片付けなくてはならないことが多すぎるが、それでも千早は真麻を妻にするつもりだ。

彼女でなくてはならないし、彼女以外要《い》らないのだ。

真麻も同じ想いでいてくれると信じて疑わなかったから、病院から帰宅した時に告げられたセリフに驚愕《きょうがく》した。

「やっぱり、結婚の件は、なかったことにしてほしいんです」

真麻は気まずそうに少し俯《うつむ》いて、千早と目を合わせない。

求婚を断っているのだから気まずくて当然かもしれないが、彼女との結婚に向けて意気揚々としていた千早にしてみれば、『なぜだ』というショックが大きく、思わず低い声で心のままに言ってしまった。

「そういうことは、目を合わせて言ってくれ。じゃないと信じられない」

真麻はいつだって、自分の目を真っ直《す》ぐに見て話をしてくれた。

それは多分、幼い頃からのくせだろう。小さな真麻は千早の目の色を見るのが好きで、よく顔を近づけて覗《のぞ》き込んでいた。

千早の目の色は平均的な日本人のそれとは違い、とても薄い茶色で、角度によっては金に見えたりもするから、それが珍しかったのだろう。

その彼女がこちらを見ずに話をするなんておかしい。

咄嗟《とっさ》に出た判断は『真麻は嘘《うそ》をついている』だった。

案の定、千早の指摘に、彼女は焦《あせ》ったように目を泳がせている。

どうやら本当に求婚を断りたいわけではないようだ。

内心盛大にホッとしつつ、千早は真麻の肩に手を置き、その可愛《かわい》らしい顔を見つめて言った。

「真麻、何か不安なことがあるなら言ってほしい。君の不安は俺が取り除くし、そうじゃなくてもなんとかする方法を一緒に考えさせてほしいんだ。二人なら大丈夫、乗り越えられるさ」

「……あの、不安というか……、わ、私たち、その……再会してまだ一ヶ月も経っていないし、そもそもまほらとか、桃蜜香とか……、私にとって、非現実的なことがいっぱい発覚して、私、ちょっと……混乱していて……！　正しい判断というか……そういうのが、できなくなっちゃってると、思うんです……」

途切れがちの言葉は、一生懸命考えながら話しているからだろうが、千早の目には、もっともらしい言い訳を考えようとしどろもどろになっているように見えてしまう。

（……〝それも嘘だろう〟と指摘してしまってもいいが……）

千早としては、彼女がなぜそんな嘘をついてまで、千早の求婚を退けようとしているのかが気になった。

ひとまず様子を見てみようと思い、千早は彼女の話に合わせることにする。

「つまり、正常な判断ができるようになるまで待ってほしい、ということ？」

「あ、待ってほしいっていうか……えぇと、そうですね、はい……」

おそらく、『待ってほしい』のではなく、『結婚をやめる』方向に持っていきたかったのだろう。真麻は慌てたように否定しようとしたが、自分の発言を振り返ってみて『これじゃ確かに時間が欲しいと言っているな』と思ったのか、諦めたように頷《うなず》いた。

もちろん、彼女のそんな様子を千早が好ましいと思うわけがない。

少し意地悪をしてやりたくて、千早は素早く彼女の顎を掴《つか》んでキスをした。

「んっ⁉」

唐突なキスに真麻は目を白黒させているが、拒む様子はなく、差し込んだ舌を従順に受け入れている。

甘い蜜を啜《すす》りながら、千早はキスの合間も目を開いたまま彼女を具《つぶさ》に観察した。

深くなるキスにうっとりと目を閉じ、頬は熟れた桃のように紅潮している。吐息に混じる微《かす》かな甘い鳴き声まで上げていて、どう見ても千早のキスを喜んで受け入れているようにしか見えない。

（……求婚を断ろうとしている男にキスをされて、君はこんな表情をするのか？）

今すぐキスをやめてそう言ってやりたかったが、中断するにはこの花蜜は美味《びみ》すぎた。

結局思う存分貪《むさぼ》ってしまい、真麻はぐったりと千早に身を預けてしまっている。

力の抜けた彼女の体を横抱きに抱え上げてリビングのソファに座らせ、自分もその前にしゃがみ込んで彼女と視線を合わせると、千早は言った。

「真麻、狭霧から何か言われたのか？」

病院ではあれほど嬉《うれ》しそうに求婚にＯＫを出したのに、その数時間後には明らかに嘘をついている様子で求婚を退けた——となれば、この数時間に何かあったということだ。

求婚の後、千早が別室で聞き取り調査をされ、その次に狭霧が真麻のいる部屋に戻って聞き取り調査をした。桃蜜香である彼女はうかうか出歩いたりできないため、病院からは真っ直ぐに帰宅している。

だから狭霧に余計なことを吹き込まれたのではないかと思ったのだが、真麻は軽く首を傾《かし》げた。

「狭霧先生、ですか？」

表情や仕草《しぐさ》から、彼女が嘘をついているかどうかは判断がつく。

この表情は、嘘をついていない。

（——狭霧じゃないのか）

狭霧は千早が人間と結婚することに反対……というより、まほらの常識としてあり得ないことだと考えているようだったから、要らないことを言ったのでは、と疑ったのだが、違ったようだ。

だったらなぜ急にあんなことを言い出したのか、と思ったが、先ほどの様子を見れば、素直に喋《しゃべ》ってもらえそうにはない。

「……君が時間が欲しいなら、正式にプロポーズするのはまだ先にしようと思う。そもそも、君の身の安全を確保できるようになるまで、プロポーズは待つつもりだったんだ。狭霧の話だと年単位でかかるようだから、考える時間はまだたくさんあるさ」

千早が言うと、真麻は「あっ」という表情になる。

「……そう、ですよね。桃蜜香の体臭の問題を解決しないと、私は一人で外も出歩けないんだった……」

そのために今千早と同居しているのだが、改めて思い出したらしい。

(そんなことにも考えが至らないほど動揺していたということか……？)

何があったというのか。

聞き出したいと強く思うが、無理強いするのは千早の主義に反する。

仕事の相手であったりどうでもいい者には容赦をする必要を感じないが、大切な者……それも自分の魂の片割れだと思っている恋人には、幸福でいてほしいし、偽らないでいてほしい。

千早はありのままの真麻を愛しているし、ありのままの彼女が一番美しく好ましいと思っているからだ。

(俺の気持ちや欲を押し付けて、ありのままの彼女を捻《ね》じ曲げるなんて、あり得ない。愚の骨頂だ)

だから千早は、問い質したい気持ちをグッと堪《こら》え、真麻に向かって微笑《ほほえ》んだ。

「君に無理強いしたりはしない。約束するよ。だから安心して。俺にとって、君の幸福が一番大切だから」

心からの言葉だった。

彼女を失いたくないし、手放すつもりは毛頭ない。

手放すくらいなら死んだ方がマシだとさえ思う。

真麻のいない人生を思い描けと言われても、もう無理なのだ。

彼女のためなら死んでもいいとも思っている。

千早の言葉に、真麻がくしゃりと顔を顰《しか》め、喉をグッと鳴らした。

明らかに泣くのを我慢している顔だったが、それを指摘してはいけないのだろう。

代わりに千早はそっと彼女を抱き寄せて囁《ささや》いた。

「愛しているよ、真麻」

いつもは同じように愛の言葉を返してくれる真麻が、今回は口を固く引き結んでいる。

だが彼女の手は、千早のシャツを掴んでいた。

その掴み方に既視感があって、千早は少し目を見開く。

昔、養護施設から千早が帰ろうとすると、『帰らないで』と泣きながらしがみついてきた時の、あの掴み方と全く一緒だった。

(……ばかだな、まぁちゃんは)

きっと嘘がバレていないと思っているに違いない。

しばらく、彼女のやりたいようにさせてやろうと思った。

もちろん、やりたいようにやった後、帰ってくるのは自分の所だ。

(まあ、そもそも物理的に俺の傍《そば》から離れようがないんだけどね)

そんなことを考えながら、千早は音を立てないようにそっと苦笑したのだった。

＊＊＊

今日も今日とて、好きな人が麗《うるわ》しい。

寝起きでぼんやりとした頭で、真麻は千早の美しすぎる顔を眺《なが》めた。

「おはよう、真麻。ご飯できてるよ」

なんだその微笑。穏やかで優しくて、慈愛に満ちた——まるで天使ではないか。

彼の背後から後光が差して見える。

「……おはようございます……。もう、起こさないでくださいよ……」

真麻はボソボソとした声で、不機嫌そうに挨拶《あいさつ》を返した。

慈悲深き天使に対して、こちらは寝起きのボサボサ・カスカスの状態である。

なにしろ昨夜はあまり眠れなくて、眠れたと思うと悪夢を見て目が覚めたりと、睡眠の質は最悪、お肌のコンディションも最悪、おそらく目の下にはクマもあるだろうというブサイクぶりだ。

こんな最悪にブサイクな自分を、最愛の人に見せたくないというのが乙女心というものだろう。

だがしかし、真麻はこのブサイクぶりを余すことなく千早に見せつけていた。

なぜなら、真麻は彼に嫌われなくてはならないからだ。

(ほら、千早さん、ものすごくブサイクで不機嫌な女ですよ……！　全然可愛くないし不機嫌ハラスメントしてるし、憎たらしいでしょう……！)

心の中でそう訴えかけていたのだが、千早はこのブサイクな状態にも全く表情を変えることなく、麗しい微笑みのまま真麻の額にキスを落とす。

「ぼーっとしてる顔、可愛いな」

（は……？　はぁ……!?）

真麻は思わず目を剥《む》いてしまった。

どこをどう見たらこのブサイクぶりを、そして不機嫌ハラスメントぶりを可愛いなんて言えるのか。

「朝ごはんができてるよ。顔洗っておいで」

真麻の心境など知らない千早は、天使のような微笑のまま優しくそう言い置いて、またリビングへと戻っていった。

その後ろ姿を見送りながら、真麻は再びベッドの枕に顔を埋める。

「……どうしたら、私に幻滅してくれるの、千早さん……」

自分で言っておいてなんだが、その発言の愚《おろ》かさ加減にうんざりとしてしまう。

（なんで私は、大好きな人に嫌われようとしてるんだろう……）

そう。真麻はここ数日、『千早に嫌われようキャンペーン』を実施中だった。

千早が人間との結婚が許されない立場の人であることが分かり、真麻は千早との関係を終わらせることを決めた。

本来ならば彼の傍から消えれば済む話なのだが、なにせ千早と真麻の間には、お互いの気持ちだけでなく『桃蜜香』という問題がある。

この世界では、あちこちにまほらが人間に混じって生活している。

つまり桃蜜香にとっては、どこで襲われてもおかしくない世界だ。

（だからこうして、千早さんの家に住まわせてもらっているわけで……）

まほらの中でも最強と呼ばれている千早の庇護《ひご》があるから、真麻は今まで襲われずに済んでいるだけで、彼の元から去ればすなわち死ぬことになるわけである。

さすがの真麻でも、死ぬと分かっていてここから出て行く勇気はない。

（それに、桃蜜香の謎を解明するのは、千早さんの悲願だもの）

桃蜜香は数十年に一度しか現れないと言われているほど稀少な存在だと、千早は言っていた。ようやく見つかった桃蜜香である真麻がいなくなれば、千早が悲願を果たすことはできなくなってしまう。それは避《さ》けたかった。

詳しくは聞いていないが、千早は桃蜜香に纏《まつ》わる悲しい経験があるのではないか、と真麻は思っていた。

（桃蜜香とまほらの関係について語る時、千早さんはいつもどこか苦しそうだもの……）

一瞬だが、何かを悔やむような、感情を押し殺すような表情を見せるのだ。

彼はまほらと桃蜜香に関することで何か大きな後悔を抱えていて、桃蜜香の謎を解明するのは、その後悔を晴らすためなのだろう。

千早には、後悔を抱えたまま人生を歩んでほしくない。

(千早さんには、幸せになってもらいたい……！)

真麻にとって、千早は誰よりも……自分よりも大切な存在だ。

彼の幸せのためならなんだってする。

桃蜜香としてどんな実験をされても構わないし、彼のために身を引くことだってできるはずだ。

(……もちろん、千早さんのいない世界で生きるなんて、考えるだけで苦しいけれど……)

千早は、ようやく得た真麻の居場所だった。

彼の傍にいる安堵《あんど》や、彼に抱かれる幸福を知ってしまった今、それを失えば、真麻の世界は色を失うだろう。

全てのものが灰色になって、喜びも楽しみもない人生を生きていかなければならなくなる。

想像するだけで恐ろしい世界だ。

(……それでも、千早さんが幸せでいてくれるなら、いいんだ……)

灰色の孤独の中にいても、千早が幸福であると思えるなら、真麻は生きていける。

千早が真麻と結婚するために全てを——家も、家族も、会社も、まほらの社会さえも捨てる覚悟をしていると知った時、真麻は激しくショックを受けた。

自分が彼から何かを奪う存在になってしまうなんて、そんなことは許されない。

(だって千早さんは、私に全てを与えてくれたのに……！)

母親に育児放棄《ネグレクト》され捨てられた真麻は、本当に、何一つ持っていなかった。

寒くても、お腹が空いても、痛くても、誰も真麻を救ってくれなかった。

食べ物も、温もりも、愛情も、全て与えてくれたのは、千早だったのだ。

そして大人になった今も、こうして衣食住を与えて守り続けてくれている。

千早にはひたすらもらうばかりで、真麻は何一つ返せていない。

(それなのに彼から奪うなんて、そんな恩知らずなこと、できるわけがない……！)

真麻は彼に与える存在になりたかった。

自分が彼にしてもらっているように、彼に自分が与えられるだけのものを与えて、自分の手で幸せにしたかった。

お互いに与え合う、そしてそれがお互いの幸福になる——そんな存在になりたかったのだ。

(……私じゃ、ダメだ。私じゃ、釣《つ》り合わない。彼を幸せにするどころか、彼に全てを捨てさせるような人間は、相応《ふさわ》しくない)

自分の矮小《わいしょう》さを思い知らされた。

だが、返って良かったのだろう。

全てが手遅れになってしまう前に、止めることができたのだから。

(まほらが桃蜜香を襲わずに済むようになったら、彼のもとを去ろう)

真麻はそう決めていた。

狭霧は少なくとも一年以上かかると言っていたから、それまでに準備できる期間はたっぷりとある。

真麻が千早の元を去るために、一番のネックとなるのは千早その人だ。

千早は真麻を愛してくれている。

烏滸《おこ》がましいかもしれないが、真麻は彼の愛情を疑ったことはない。

彼が真麻に向ける眼差《まなざ》しや表情には、いつだって溢《あふ》れんばかりの慈しみがある。

彼の行動の一つ一つが、真麻のために考えられているものだと感じられるのだ。

おそらく千早は愛情深い人なのだろう。一度懐に入れたものは一生大事にするタイプなのかもしれない。

だがそれだけではなく、真麻は千早と自分の間に、表現のしようのない絆《きずな》のようなものを感じている。そしてそれは千早も同様なのだ。

(でも、これは所詮《しょせん》〝表現のしようのないもの〟でしかない。理屈じゃないなら、その存在の証明もできない。だったら、〝ただの思い込み〟だわ。幼い頃に出会って、再会したという奇

妙な縁がその思い込みを作ってしまったのかもしれない。私がいなくなれば……あるいは、私に失望すれば、消えてなくなるはず)

千早に失望してもらおう。

『こんな奴、守る価値がない』と思ってもらえるほどに悪行を重ねれば、千早の思い込みも解けるはずだ。

そう考えた真麻は、千早に嫌われるための努力をすることにした。

身だしなみをだらしなくしたり、部屋をわざと汚したり、千早に何かしてもらっても礼を言わない上に文句を言う、など、考えられるだけの悪行を積んでいるのだが、残念ながら、今のところ効果をあまり感じられていない。

先ほどのように、真麻が酷《ひど》いことを言っても、千早はまるで菩薩《ぼさつ》か慈悲の天使のように微笑むばかりで、全く意に介さない。それどころか「可愛い」と言ったりキスをしてきたりする。

(千早さんの女性の趣味、もしかしてちょっとおかしいのかな……?)

そんな失礼な疑問が浮かんできてしまうくらいだ。

どうすれば呆《あき》れてもらえるだろうか、と次にやる悪行を捻《ひね》り出そうとウンウンと唸《うな》っていると、リビングから千早の声がする。

「おーい、オムレツが冷めるぞ!　二度寝してるんだったら、寝込みを襲ってやるけど、いいのか？」

「い、今行きますっ！」

寝込みを襲う、の言葉に、真麻は慌てて大声で返事をした。

千早とは、最初に抱かれて以来、い、していない。

肌と肌を重ねるあの多幸感はまずい。引きずられて、真麻の方が離れられなくなってしまうに決まっている。一生懸命やっている努力が水の泡になってしまう。

おまけに恥ずかしいことに、真麻は千早に触れたくて堪《たま》らないのだ。血管の浮いたゴツゴツした手を見るだけで、シャツの開いた襟元から見える鎖骨を見るだけで、心臓はバクバクと早鐘を打ち、体が発熱した時のように熱《ほて》って——要するに、ムラムラしてしまうのだ。

（ムラムラする感覚なんて、生まれて初めての経験だよ……！）

恥ずかしい上に、ちょっと泣きたい。

食衝動を抑えるためのキス以外、できるだけ彼と体の接触を避けているのに、寝込みなんか襲われたら喜んで受け入れてしまうに決まっている。

（いかーん！　それだけはいかーん！）

真麻は両手でパン！　と自分の頬を叩《たた》くと、顔を洗うために急いでベッドを抜け出したのだった。

＊＊＊

千早が出かけて行ったのは、その数日後のことだった。

「ちょっと実家に行かなくちゃならなくなった。出かけてくるけど、真麻はくれぐれも外に出ないように。一応念のために護衛として、女性のまほらを数名待機させておくから、もし何かあったら彼女たちを頼ってくれ。彼女たちは紫団《しだん》というまほらの警察のような組織の者で、相応に強い」

千早が他のまほらに自分を任せるのは初めてのことだったので、真麻は驚いてしまった。

真麻がこれまで会ったことがあるまほらは、千早を除けば襲ってきた男性と、狭霧だけだ。

「女性のまほら……私が会えるんですか？」

「ああ。女性のまほらは女性の桃蜜香を襲うことはないし、俺の部下の中でも特に優秀な者たちだ。安心してくれ」

「それは、もちろん……」

狭霧の例があるので、それは心配していなかったし、他のまほらに会うことができるのは、正直少し嬉しい。

（どんな人たちなんだろう……）

千早の部下だというから、きっと真麻の知らない彼のことをいっぱい知っているのだろう。

まほらのことも、いろいろ教えてもらえるかもしれない。

千早や狭霧も教えてくれるが、彼らは真麻が知る必要がないと考えた知識は教えてくれていない節《ふし》がある。まほらの社会では純血が尊《たっと》ばれる風潮があることも、真麻が盗み聞きをしなかったら知らないままだっただろう。

（私が逆の立場でも、きっと同じことをするから、その気持ちが分からないわけじゃないけど……）

千早を傷つけるかもしれないことを、わざわざ伝えたりはしない。

だがそれでは、真麻が千早を守れない。なんの力もない上に桃蜜香という被食者の分際で、全てを兼ね備えたような男性である千早を守ろうなんて、烏滸がましい。

分かっているが、それでも真麻は守られるだけの存在でいたくない。

自分が傷ついても構わないから、千早に何かを与えたい。彼を幸せにしたいのだ。

そのためには、もっと情報が必要なのだ。

（絶好のチャンスだよね……！）

心の中で意気込んでいると、千早にそっと手を取られて、ハッとして彼を見る。

するとそこには、端正な美貌に少しだけ不安の翳《かげ》りを滲《にじ》ませた千早の顔があった。

「俺が傍についていてやれなくてすまない」

「え……、そんな。だって、これまでも出かけることはあったでしょう？　その時は護衛すらつけていなかったんですから、今回も大丈夫ですよ」

言いながら、真麻は『あれ？』と眉間に皺《しわ》を寄せる。

（そういえば、どうして今日に限って護衛をつけるんだろう……？）

これまでついていなかったのに、急に護衛がつくなんて、まるで何かに備えているかのようだ。

「……もしかして、何か起きているんですか？」

真麻の身に危険が迫るようなことが起きているから、護衛を付けると考えるのが自然だ。

そう推測してぶつけた質問に、千早は小さく苦笑した。

「……真麻は賢いな」

「やっぱり……！　何が起きてるんですか？　教えておいてくれないと、私が備えられません！　そりゃ、私はなんにもできないかもしれないですけど、知っていれば危険を冒《おか》さないように態勢を整えておくことだってできるじゃないですか！」

真麻はカッとなって叫《さけ》んでしまった。

（……これは八つ当たりだ）

守られるだけの自分が、歯痒《がゆ》くて仕方ない。

それなのに、自分が弱い立場である現実は変わらないのだ。

(強ければ……私に千早さんに与えられるだけの強さがあったら……)

お互いに守り合い、与え合うことができる対等な関係だったら、この先の人生もずっと一緒にいられたのかもしれないのに。

ままならない現実を悲しむ気持ちが大きくなって、千早に八つ当たりしてしまった。

「……ごめんなさい。今のは、八つ当たりですね」

自分が情けなくて、奥歯を噛《か》みしめながら俯いて謝ると、千早は首を横に振る。

「いや、俺が悪い。当事者なんだから、真麻にちゃんと説明しておくべきだった。すまない」

千早に謝られるとさらに罪悪感が増す。

自分が情けなくて堪らず、真麻はますます俯いて千早の目を見ることができなくなった。

そんな真麻に、千早は宥《なだ》めるように肩を撫《な》でた後、静かに口を開く。

「まほらの中で、桃蜜香である君を、俺が保護していることに不満を持つ者たちがいる。桃蜜香の問題を解決したのが沢渡家、という構図になるのを避けたいんだろう。要は、手柄を沢渡が独占するのが許せないってわけだ」

「手柄……」

「まほらは人間に混じって生きることを選択してから、人喰《く》いを禁じている。それこそ、何百年も昔からね。逆に言えば、桃蜜香の引き起こす食衝動は、それだけ長い間解決できない問題だったということだ。それを解決するのは、俺だけじゃなく、まほら全体の悲願だから」

「……なる、ほど……」

桃蜜香である真麻にとっては、少々複雑な気持ちになる話だ。

こちらも好き好んでまほらの食衝動を引き起こしているわけではないのだが。

とはいえ、今はそこが問題なのではない。

「えっと、つまり他の家が私を攫《さら》いに来るかもしれないってことですか？」

「それだけならまだいい。沢渡《うち》に手柄を独占されるくらいなら、君を亡き者にして手柄そのものを無くしてしまおうとする輩《やから》もいるかもしれない」

「えっ⁉」

ギョッとして真麻は自分で自分の体を抱き締めた。

まさか殺されるかもしれない状況になっていたとは。

「そ、そこまでするものなんですか⁉」

「やりかねない連中はいるね」

「そんな……」

青ざめる真麻に、千早は安心させるようにトントンと背中を叩く。

「こう見えて、俺はまほらの中でも強いんだ。それこそ、最強と言われるくらいにね。だから俺を怒らせればどんな報復をされるか、連中も分かっているはずだから、そう易々《やすやす》と手を出してきたりはしない。護衛を置くのは念のためさ」

「……はい……」

「用事を片付けたらすぐに戻ってくるからね」

ぽんぽん、と頭を撫でられ、真麻はますます自分が情けなくなってしまった。

これでは、初めてのお留守番をする子どもみたいではないか。

(結局、私は守られることしかできないのかな……)

――それならやっぱり、千早の傍にいる権利はない。

そう思って、真麻は心の中で自分を引っぱたいた。

(ばか！　やっぱりも何も、もう傍を離れるって決めたでしょうが！)

諦めたはずの願いを未練タラタラに引きずっている自分に、さらに自己嫌悪が募る。

「じゃあ、行ってくるね」

そう言い置いて出かけて行った千早は、自分の代わりに二人の女性を置いていった。

護衛の女性のまほらだ。

「沢渡小鶴《こづる》と申します！　よろしくお願いします！」

「石川美舟《いしかわみふね》です。今日はよろしくお願いします」

一人は元気のいい華やかな美女で、もう一人はメガネをかけた静かな印象の美女だった。

（おわぁ……薔薇《ばら》と百合《ゆり》って感じ……！）

まほらは容姿に優れた者が多いと聞いていたが、やはり本当だったのだ。

目の前の女性は、アイドルか女優かという美しさである。

「こ、こちらこそ、よろしくお願いします……！　田丸《たまる》真麻です」

その美貌に圧倒されながら自分も自己紹介と挨拶を返すと、二人は真麻をまじまじと見つめてきた。

「あ、あの……？」

もしかして品定めされているのだろうか、と内心怯《おび》えながら首を傾げると、小鶴の方がパッと両手を顔の前に上げてブンブンと首を横に振った。

「あっ、失礼でしたよね、すみません！　でも、本物の桃蜜香にお会いするのは初めてで……感激です！　お会いするのを楽しみにしてました！」

「あ、はは……」

まるで動物園のパンダにでもなった気持ちになって、真麻は乾いた笑いを漏《も》らす。

まほらの人たちにとって、桃蜜香とはそういう存在なのだろう、と少々物悲しさを覚えていると、小鶴が屈託のない笑顔で続けた。

「真麻様は、私たちまほらから人喰いの恐怖を取り除いてくださる、希望の星ですから！」

その言葉に、真麻は驚いて彼女たちを見る。

心の中から卑屈《ひくつ》な自虐心のようなものが、サラサラと消えていくのを感じた。

「希望の、星、ですか……？」

「はい！」

元気よく返事をする小鶴の隣で、美舟も静かに首肯する。

「私たちは常に、自分がいつ人喰いの獣《けもの》になってしまうか分からない恐怖に晒《さら》されています。団長……千早様があなたという桃蜜香を傍に置きながら獣にならずに済んでいるという事実は、私たちに希望の光を与えてくれました。ですから、あなたのことは私たちが命に代えてもお守りします。どうぞご安心ください」

「ご安心ください！」

二人にそう言って笑いかけられ、真麻は「客寄せパンダのようだ」と思った自分が恥ずかしくなった。彼女たちが桃蜜香である自分を見下しているのではないか、と疑ってしまっていた。

まほらの社会には純血信仰があると聞いてから、まほらは人間を差別する生き物なのだとどこかで思い込んでいた。

もちろんそういう者もいるだろう。

だが千早や狭霧がそんなことをしたことはないし、そんな考えのまほらばかりではないと分かっていたはずなのに、いつの間にかそう思い込んでしまっていた。

（〝まほらは人間よりも優秀だから、捕食者だから、人間を下に見ている生き物だ〟なんて――そんなの、私がまほらを差別してるってことじゃない）

自分の愚かさに情けなくなりながらも、真麻は目の前の二人に感謝した。

（気づかせてくれて、ありがとうございます……！　疑ったりしてごめんなさい……！）

胸の裡《うち》で謝りながら、真麻は精一杯の笑顔を作る。

「お二人が来てくださって、とても心強いです！　どうぞよろしくお願いします！」


小鶴と美舟と一緒にリビングで談笑しながら、真麻は笑い転げていた。

「その時の団長、ものすっごい顰めっ面で狭霧さんのこと睨《にら》んでて、もう一触即発って感じで！」

「あはははは！　目に浮かんじゃいます！」

小鶴はなんと千早の遠い親戚らしく、昔から千早と狭霧と親しかったようで、彼らの高校生時代の話を面白おかしく語ってくれていた。

当たり前だが千早にも高校生だった時があって、狭霧と喧嘩《けんか》をしたり、家の当主であるお父さんに叱《しか》られたりといった、子どもらしいエピソードがたくさんあった。

成熟した今の千早と、小学生だった千早しか知らない真麻には、とても新鮮な話ばかりだ。

「あ～、もう、おかしかった！　小鶴さんの話、とっても楽しいです」

「喜んでもらえて私も嬉しいです」

笑いすぎて出た涙を手で拭《ぬぐ》っていると、美舟にサッとハンカチを差し出された。

「擦《こす》らないで。せっかく美しい肌が赤くなってしまいます」

優しく諭され、真麻はカァッと頬を染めてしまう。

美舟は静かだけれど妙な色気があって、同性だというのにドキッとしてしまう瞬間がある。

「……どうしました？　少しお顔が赤いようですが……」

ポーッと見つめていたのに気づかれたのか、美舟が小さく首を傾げた。

「や、あ、あの、美舟さんがあんまりにもおきれいで……！」

咄嗟に上手《うま》い言い訳が思いつかず、思ったことがそのまま口に出てしまう。

（う、うわ！　気持ち悪いことを言ってしまったかも……!?）

と焦ったが、美舟はフッと微笑んだ。

「ありがとうございます。真麻様もとてもお可愛らしいですよ」

褒《ほ》められ慣れた人の返しである。

さすがだなぁ、と感心していると、玄関のドアフォンが鳴った。

（……ドアフォン？　この家に来てから、鳴ったのは初めてだな……？）

呑気《のんき》にそんなことを思った真麻とは裏腹に、小鶴と美舟の表情がガラリと変わり、サッと空気に緊張が走った。

小鶴が立ち上がってドアフォンに向かい、美舟も動きやすくするためなのか、おもむろにスーツの上着を脱いだ。上着を脱いだ彼女の胴体には、体にピッタリとフィットしたベストが付けられ、そこには大ぶりのダガーのような刃物が納められていた。

（……武器!?）

護衛と聞いていたが、まさか刃物まで持っているとは。

先ほどまでの楽しい雰囲気《ふんいき》は一気に消え、真麻も緊張に息を殺しながら小鶴の方を確認した。

彼女がドアフォンのボタンを押すと、モニターの中に一人の女性が映し出される。

すると小鶴の表情が驚きに変わった。

「……これは、美能《みの》家の……高梨《たかなし》こずえ様」

どうやら顔見知りだったようだ。

その名前を聞いた美舟がチッと舌打ちをするのが聞こえてきた。

（……歓迎すべき人物ではなさそうね……）

ゴクリと唾を呑《の》みながら状況を見守っていると、ドアフォン越しに高梨こずえと呼ばれた人物が声を上げる。

『そうよ。分かっているならここをお開けなさい』

高飛車な物言いに、真麻はびっくりした。

（……なんか、まるで時代劇のお姫様みたい……）

命令することに慣れていて、どこか時代がかった口調だ。

こずえの命令に、けれど小鶴が応じることはない。

「申し訳ございませんが、できかねます。紫団長より、何人たりともここを通してはならぬとご指示をいただいておりますゆえ」

先ほど真麻とお喋りをしていた時と同一人物とは思えない冷たい声色で、淡々と断りを入れている。

冷え冷えとした様子の小鶴に、聞いている真麻の方が凍りつきそうになったが、こずえは全く怯《ひる》む様子を見せなかった。

フンと鼻を鳴らすと、呆《あき》れたように言った。

『私はその紫団長の妻となる女よ。例外となるに決まっているでしょう』

(……！　じゃあ、この人が千早さんの婚約者候補……？)

あの時盗み聞きした内容だと、千早の婚約者候補はたくさんいるらしい。

そのうちの一人ということだろう。

確か、千早の家は認めていないから、正式な婚約者ではないはずだ。

それでもまほらの純血の女性であり、千早の妻としての資格を持つ女性なのだと思うと、胸がジリジリと焼けるような心地がした。

「沢渡家の者としてお伝えいたします。大変言いにくいのですが、沢渡家は次期当主、千早様のご結婚について、現在どの家ともお約束はしておりません。お引き取りを」

傲慢《ごうまん》な態度のこずえに対し、小鶴もまた負けていなかった。

冷たい口調のまま、念仏でも唱えるように告げると、相手の出方を待つ前にブツッと通話を切ってしまった。

(えええええ……!?　いいの!?)

驚いている真麻を他所《よそ》に、小鶴は美舟に向かって短く命じる。

「美舟、団長に連絡」

「もうメールしましたが、エラーが出ます。電話も通じません」

「ジャミングされているな。無線はダメだ。有線を使え。団長の書斎にパソコンがある。ノートじゃなくデスクトップの方だ。有事の時用に外部から見えないように線を取っているものを使っているはずだから、それは切られていないだろう。急げ、時間がない」

「はい！」

テキパキと美舟に指示を出す小鶴は、本当に人が変わったようだ。

（……っていうか、小鶴さんの方が上官だったんだ……）

小鶴は明るく元気で気さくな感じで、美舟は落ち着いた雰囲気だったから、てっきり美舟の方が上官なのだと思っていた。

真麻が唖然《あぜん》としていると、またドアフォンが鳴った。

小鶴は眉間に深い皺を寄せながらも、再びボタンを押して通話を繋《つな》ぐ。

画面が映るや否《いな》や、こずえの金切り声が響いた。

『お前、沢渡小鶴ね!?　傍系の小物程度が、よくも純血のこの私に楯突《たてつ》いたわね！　私が沢渡の女主《あるじ》になった時、お前なんか殺してやるんだから！』

「千早様があなたを選ぶことだけはありません。純血は他にもいっぱいいらっしゃいますし、一番下品で妄想癖があるバカ女を選ぶほど、我が主人《あるじ》は愚かではありません」

痛烈な小鶴の応酬に、真麻は噴《ふ》き出しそうになるのをすんでのところで堪えた。痛烈を通り越して衝撃である。

（そ、そういえば、千早さんも同じようなことを言っていたっけ……）

もしかしたら、『妄想癖のあるバカ女』というのが、こずえの沢渡の家での評価なのだろうか。

モニターの中で、こずえは怒りで顔を真っ赤にして身をぶるぶると震わせている。

『お前……お前！　許さないわよ！　そこにいる桃蜜香の人間と一緒に殺してやるから、首を洗って待ってなさい！』

とんでもない殺人予告をして、今度は向こうからブツリと通話が切れた。

その時、千早の書斎に行っていた美舟が戻ってきて言った。

「団長への報告、完了しました。紫和家においででしたが、すぐにこちらへ向かわれたようです」

「よし、態勢を整えろ。来るぞ」

「マンションのセキュリティは」

「このマンションの無線をジャミングできるレベルの技術者を使っているようだ。間違いなく突破される。真麻様を団長の寝室へ」

「はい」

「えっ、突破されるって……襲撃されるってことですか⁉　お、お二人はどうされるんですか⁉」

淡々と決まっていく事項についていけず、狼狽《うろた》えながら真麻は言った。

するとと小鶴がこちらに向き直った。

「真麻様。向こうはおそらく男性のまほらを連れています。もちろん、あなたを喰い殺させるためです。我々はそれなりに強いと自負していますが、武装した男のまほらを相手にするとなると、あなたを守り切る余裕がありません。どうか我々のためにも、安全な場所に身を隠していてください。団長の寝室は鍵がかかるし、ドアは鉄線が仕込まれた特注品です。万が一、敵に突破された際、団長が辿《たど》り着くまでの時間稼ぎにはなるはずです。さあ、急いで！」

最後は叫《さけ》ぶように言われ、真麻は脱兎《だっと》の如《ごと》く千早の寝室へ走った。

寝室のドアを閉め、鍵をかけた瞬間、ドン！　と大きな爆発音と共に建物を振動が襲う。

火災報知器がけたたましく鳴り、スプリンクラーが作動したのか激しい水音が聞こえてきた。

(爆発!?　嘘でしょう!?　ドアを爆弾で爆破して突破したってこと!?)

仰天してドアに貼り付いて聞き耳を立てると、甲高い女性の笑い声と共に、何かがぶつかり合うような大きな音が響いた。

それは単なる始まりで、その後からはもうめちゃくちゃだった。

何かが割れる音や、家具が倒れる音がひっきりなしに続き、真麻は思わず耳を塞《ふさ》ぐ。まるで映画の中の戦場のシーンのようだった。映画だから観ていられたが、人が殺し合うなんて、あんな恐ろしいことが現実に起こるなんて。

中でも真麻を震え上がらせたのは、獣が叫ぶような声だった。

（……あの時だ。あの時の男の人と、同じ……！）

おそらく男のまほらが、真麻の体臭で理性を失った状況なのだろう。家には暮らす人の匂いが染みつくと聞いたことがある。一月《ひとつき》以上暮らしているのだから、千早のマンションにはもう真麻の匂いが充満しているはずだ。

荒い呼吸で涎《よだれ》を流し、真っ黒に散瞳《さんどう》した目が、本当に野獣のようだった。

あの時の恐怖を思い出し、冷や汗が全身から噴き出して、ガタガタと体が震え始める。吐《は》き気が込み上げ嘔吐《えづ》きそうになったが、真麻は歯を食いしばってそれを堪える。

（……弱虫！　怖がっている場合じゃないでしょう！　小鶴さんと美舟さんが、私のために戦ってくれているのに、泣いて震えているだけなの⁉　守られるだけなら、赤ん坊だってできるのよ！　考えなさい！　自分に何ができるのかを！）

冷や汗と涙が混じったものを手でぐいっと拭うと、真麻は寝室を探って何か武器になる物はないか探した。

（今私が出て行ったら、二人の足手まといになるだけだ。私にできるのは、ここでじっとしていること。でもせめて、自分で身を守るための何かを……！）

必死でベッドのシーツを剥《は》がしてみたり、ベッドの下を探ってみたりしたが何も見つからない。

どうしよう、どうしよう、と寝室を行ったり来たりしていた時、いきなりドォオン！　という低い破壊音と共に壁が壊された。

「――――ッ！」

咄嗟に出そうになる悲鳴を呑み込み、腹に力を込めてそちらを見遣《みや》れば、細い鉄線のような金属の骨組みだけを残してボロボロになった壁を、なおも殴りつけて破壊しようとする男性と、美しい女性が立っていた。

男性は涎を垂らし目を見開いていて、熊かゴリラのような動きで暴れており、どう見ても正気を失っている。幸いなことに、この寝室の壁は、先ほど小鶴が言っていたドアと同様に特殊な造りのようで、男性がどれほど暴れても、細かい鉄線を破壊することはできないようだった。

女性はそんな男性から少し距離を取っていて、悠然とこちらを見つめている。色白で艶《つや》やかな黒い髪が本当にお姫様のようだ。

「あぁら、お前が桃蜜香とやらね」

先ほどドアフォンから聞こえた声と同じだから、彼女が高梨こずえだろう。

ここからリビングの様子を見ることはできないが、もうもうと漂っている煙幕《えんまく》のような煙と、獣のようになっている男性の衣服のあちこちが破れていたり、その顔に血や痣《あざ》が見えることから、惨憺《さんたん》たる状況であることは想像に難くない。

にもかかわらず、この女性だけは全く汚れも怪我《けが》もなく、どこにいたのかと思うほどきれいなままだった。

それが、真麻は気に食わなかった。

(こんな恐ろしいことを引き起こした張本人が、どうして何も傷を負わずに済んでいるの？)

自分は手を汚さず、汚れ役は自分以外の者にさせればいいと思っているのだろう。

(卑怯者)

腑《はらわた》が煮えるような怒りを覚えて、真麻はこずえを睨《にら》んだ。

「……小鶴さんと美舟さんはどうしたんですか」

淡々とした低い声色で訊《き》くと、こずえは不愉快そうに眉根を寄せる。だが隣の男性が鉄線の一部を破壊するのを見て、うっすらと微笑んで答えた。

「紫団の二人なら、死んだわ。桃蜜香の匂いに当てられて正気を失った男八人を相手に、よく戦った方でしょうね。せっかく連れてきた戦闘要員も、残っているのはこの一匹だけ。さすが千早の懐刀と呼ばれているだけあった、というところかしらねぇ」

のんびりとため息を吐くこずえに、真麻はギリッと歯ぎしりをする。

小鶴と美舟が死んだ、などと、信じるつもりはない。だがこの女がここに辿《たど》り着いたということは、倒れてしまったのは本当だろう。

ついさっきまで一緒に笑い合ってお喋りをしていたあの二人を、この女が傷つけたのだと思うと、腹の底で煮え滾《たぎ》る怒りがさらに燃え上がるのを感じた。

「〝かしらねぇ〟じゃないのよ、このサイコパス！　どういう神経してたら人ん家爆破させて不法侵入した挙げ句、大の男八人も使って襲撃かましたうえに、人を殺して部下を死なせておいて、そんなアホみたいなことが言えるのよ⁉　完ッ全に犯罪者でしょうが！　指名手配されろ、このテロリストめッ！」

怒りのあまり、先ほどの恐怖も忘れて、思っていること全部をがなり立ててしまった。

真麻が反撃してくるとは思っていなかったのか、こずえはポカンとした顔になっていたが、すぐにフンとせせら笑いをする。

「人間風情が、知らないようだから教えてあげるわ。私たちまほらは世界中あらゆる組織の上層部に入り込んでいるの。当然、この国の警察も上層部はまほらで占められているわ。私たちが何をしても、逮捕されることもなければ裁かれることもない。そもそも、人間のような下等種が定めた法などに、私たちまほらが従ってやる理由なんてないもの。お分かり？」

「お分かりじゃないのはそっちの方でしょうが、このばか！」

こずえの得意げな口上を、真麻は罵声で切って捨てる。

「は、はぁ!?」

「まほらだかまだらだか知らないけどねぇ、あんたたちは同種間交配じゃ絶滅しかかったから、人間に混じって生きていく道を選んだんでしょうが！　自分たちじゃ繁殖も満足にできないくせに、下等種だとか何をほざいてんの!?　人間社会に混じって生きるってんなら、人間の作った法律に従いなさいよ！　社会ってのはねぇ、人と人が寄り添って生きる際に、お互いに侵害し合うことのないように法律を作って守ってるから成り立ってるのよ！　その法律に従えないってんなら、この人間社会で生きる権利はないの！　嫌なら出て行きな！　そんなことも知らないで、どうやってこれまで生きてきたの？　小学生からやり直してきなさい！」

全部言い切った時には、息が切れていた。

人生でこんなに大きな声で怒鳴り続けたのは、これが初めてだ。

怒鳴るのも体力が要るんだな、とあさってのことを考えていると、こずえの顔が茹《ゆ》でダコのように真っ赤になっている。

「お前……！　お前、よくも人間風情が、この純血の私にッ……！　殺してやるわ！　そんな鉄格子の中にいないで出て来なさい！　卑怯者！」

これは鉄格子などではなく、そこで暴れちぎっている野獣が壊した壁ですけども、と思いつつ、真麻はハッと嘲笑《ちょうしょう》を吐き出した。

「卑怯者はそっちでしょうが。自分で手を下さず他の人に手を汚させて、その人が死んでも悼《いた》むことすらしない。ほんっとうに、反吐《へど》が出るわ」

「なんですって……！」

「でもちょうどいいわ。私もここを出ようと思っていたから、そこをどいてちょうだい」

真麻は言いながら、ドアの方へ向かって歩き出す。

そのせいで、真麻の体臭が濃くなったのだろう。壁を破壊しようと暴れていた男が、雄叫《おたけ》びのような声で吠《ほ》えた後、より一層激しく壁を殴り始めた。

その様子に足が竦《すく》まなかったとは言わない。

本当は怖くて仕方なかった。

（……でも、小鶴さんと美舟さんの安否を確認しないと……！）

こずえは死んだと言ったが、きっと……絶対死んでない。今すぐ駆けつけて処置をすれば間に合うかもしれない。

その思いだけで、真麻はドアの施錠を解いてドアノブを回した。

ドアを開いて顔を覗かせた真麻に、こずえが驚いた顔のまま固まっている。

だが男の方は固まったりせず、当たり前だが唸り声を上げてこちらに突進してきた。

真麻は腹に力を込めて身を屈《かが》めると、その男に向かって体当たりするように抱きつき、その口に自分の唇を押し当てる。

（急げ……急げ、急げ！）

心の中で呪文のように唱えながら、真麻は自分の唾液を男の口の中に注ぎ込んだ。

（私には何もないって思っていたけど、これがある。桃蜜香という、この体が！）

桃蜜香の唾液には、まほらを正気に戻す効果がある。

ならばこの男のまほらにもそれは効果があるはずなのだ。

千早以外の者にキスをするなんて、正直に言えば嫌悪感しかない。だがそれこそ、死ぬよりマシだ。

（うわーん、本当に嫌だけど！）

心の中で泣きながら、真麻は我慢して唇をくっつけたままにした。

すると男の体から徐々に力が抜けていった。

（……！　よし、効いてる！）

真麻が確信を持った時、男がガクリと膝を折り、その場に崩れ落ちるように昏倒した。

どうやら、桃蜜香の体臭で正気を失い野獣化していただけで、散々暴れちぎったおかげで体力が限界を突破していたらしい。

真麻を殺すための最後の武器のはずだった男に倒れられて、こずえが悲鳴のような声を上げた。

「は……？　はぁあああああ⁉　何よ、どうしたって言うの⁉　お前がこの男を倒したって言うの⁉　桃蜜香にはこんな力があるってこと⁉　知らないわよ、聞いてないわ！　ちょっとお前、どういうことよ⁉」

喚《わめ》き散らすこずえに、真麻はうんざりとため息をついた。

（こんな人を相手にしてる場合じゃない……！）

ヒステリックに叫ぶこずえを無視して、急いでリビングへ走った。

リビングは酷《ひど》い有様になっていた。ダイニングテーブルは倒され、チェアがあちこちに吹っ飛んで粉砕している。ソファは切り裂かれ中のバネが飛び出ているし、部屋中に血飛沫《しぶき》が飛び、床には血溜まりができている場所もある。

こずえの言っていた通り、五人の男たちが血溜まりの中折り重なるように倒れていて、残る二人のうち、一人はキッチンのシンクに頭を突っ込む形で伸びているし、もう一人はバスルームに続く廊下でうつ伏せに倒れていた。

（この人たちはどうでもいい！　小鶴さんと美舟さんは……⁉）

焦る気持ちで二人を捜すが、リビングには姿がない。

急いでバスルームへ行くと、そこには洗面台の下で脚を投げ出して座り込んだまま気絶している小鶴の姿があった。

「小鶴さん！」

真麻は悲鳴のように名前を呼んで、彼女の傍に駆け寄った。

どうやら脚を刺されたようで、止血のためのタオルを取りに来たらしいが、脚を縛って止血したところで気絶したようだ。顔が紙のように真っ白だった。

「多分失血で気を失ったんだよね……！　ああ、どうしよう、救急車を呼ばなくちゃ……！」

真麻が泣きそうになりながら立ち上がろうとすると、弱々しい力で袖を掴まれた。

驚いてそちらを見ると、小鶴が辛《つら》そうにしながらもうっすらと目を開いている。

「あ、小鶴さん！　気がついた!?　良かった……！　待って、今救急車を呼ぶから……！」

「……繋がり、ません。団長、が、来る方が早い……」

「そ、そうだった……！」

そういえば、さっきジャミングされていると言っていた。気が動転して忘れていた。

「わ、たしは、大、丈夫。それより、も、お怪我は、ありませんか……？」

その言葉に、真麻はブワッと涙が込み上げる。

自分の方こそ瀕死の状態だと言うのに、真麻のことを気遣ってくれるなんて。

「大丈夫だよ！　小鶴さんと美舟さんが守ってくれたから！　どこも怪我してない！」

ボロボロと涙が溢れたが、真麻はそれを拭わないまま笑顔を作って小鶴に言った。

すると小鶴は微《かす》かに頬を緩め、「よか、た……」と呟《つぶや》いた後、また意識を失ってしまった。

「小鶴さん……!?」

まさか死んでしまったのでは、と狼狽《うろた》えた真麻は、彼女の呼吸を確かめたが、ゆっくりだが息はしている。

（……大丈夫、まだ大丈夫、とにかく急いで救急車……はダメだった！　千早さんが来るのを待たなくちゃ……！　あっ、美舟さん……！）

ややもすればパニックを起こそうとする頭を必死で整理して動かしながら、真麻はバスタオルを敷いた床にそっと小鶴の体を横たえると、美舟を探しにバスルームを出た。

だがその刹那《せつな》、玄関の方から再び男たちが現れて、真麻は仰天する。

（えっ……!?　どういうこと!?　まだ残っていたの!?）

男たちはまほらのようで、先ほどの男同様に、目の色を変えてこちらに向かって突進してくる。

驚いて立ち竦む真麻に、甲高いこずえの笑い声が響いた。

「あははははは！　バカね、この私が紫団相手に、八人やそこらで挑むわけがないでしょう！

何かあった時のために、十五分経過しても私が戻らなければ、次の部隊を投入するように準備しておいたのよ！　さっきは一人倒せて鼻高々だったようだけど、さらに八人を相手に立ち向かえるかしらねぇ！」

真麻の頭の中は真っ白になっていて、こずえのセリフなど入ってこなかった。

ただ向かってくる獣化した男たちの動きが、スローモーションのように見えて、不思議だった。

(──ああ、もう、これは無理だな。死んだ)

さっきは一人相手だったのでなんとかなったが、こんな大勢が相手ではなんともならない。

このままあの男たちに喰われてしまうのだと思うと、千早の顔が目に浮かんだ。

真麻の大好きな、優しい笑顔だ。あの透明な飴《あめ》色の瞳を見つめるのが好きだった。

(ああ、どうして、嫌な態度ばかり取ってしまったんだろう……)

彼の元を離れると決めてから、ずっと嫌な態度を取ってきた。

こんなことになるなら、愛している、大好きだと、思う存分伝えておけば良かった。

襲いかかってくる男の一人に肩を掴まれて、目を閉じた。

「千早さん……ごめんなさい……」

そう呟いた真麻に、答える声があった。

「何を謝るの、真麻」

愛しい、大好きな人の声だった。

「えっ」

驚いて閉じた瞼《まぶた》を開いた時には、全てが終わっていた。

襲いかかってきたはずの男たちは、一人残らず床に伸びていて、奥の一人の上にはこずえが折り重なっているのが見えた。

目の前には最愛の人の美しい微笑みがあった。

「ち、千早さん……？」

「うん。遅くなってごめんね」

千早は痛ましそうに顔を歪《ゆが》め、真麻の頬を指で拭っている。

「血がついてる」

「あ、それは多分、小鶴さんの血で……そうだ、小鶴さんと美舟さんが……！」

「大丈夫、救護班も連れてきたから、彼らが診ている。小鶴も美舟も生きている。まほらは頑丈だから、すぐに回復するさ」

千早に請《う》け負われて、真麻は安堵からその場に崩れ落ちそうになった。

真麻の腰を掴んだ千早に抱き支えられながら、なおも質問をする。

「あ、あの……今、私、襲われそうになっていませんでした？」

なんだかよく分からないが、もうダメだと思った次の瞬間には、全てが片付いていた。

「うん？　俺が倒した」

あっさりと答える千早に、真麻は目を瞬《またた》く。

「え……？　待って、私、記憶喪失してます？」

「どういうこと？」

「だって、〝これは死んだ〟と思って目を閉じたのに、開いたら千早さんがいて、襲ってきた人たちが倒れていて……」

「ああ、記憶喪失じゃないよ。この程度の連中なら、二十人いても俺は素手で五秒で倒せるから」

にっこりと当たり前のように言われて、真麻は絶句した。

（素手で五秒で二十人を倒せるって、それはもはや人間ではないのでは……？）

そう思って、ハッとなった。

（そうか、この人、人間じゃないんだった……）

まほらと人間の違いをまざまざと見せつけられた気がして、真麻は千早を呆然《ぼうぜん》と眺める。

（〝まほらの中でも最強と言われる〟って、千早さんよく言っていたけど、本当に物理的な強さだったんだな……）

まほらだから、人の心を読むとか、夢を操るとか、なんか少し不思議な感じの能力でもあるのかと想像していたのだが、現実でちょっとあり得ないくらい強い、ということだったらしい。

「真麻？　大丈夫？」

ぼーっとしてしまっていたようで、心配そうに千早に顔を覗き込まれ、真麻はなんとなくその唇にキスをした。

「――――ん？　真麻？」

「キスしてください」

いきなりキスをしてきたことが不思議だったのか、千早が驚いたように首を傾げたが、真麻が強請《ねだ》ると黙ってキスを続けてくれた。

先ほど、仕方なかったこととはいえ、彼以外の者と唇を合わせてしまった。その感触はもちろん嫌悪感が湧くものでしかなく、その記憶を塗り替えてほしかったのかもしれない。

キスが深くなり、千早の柔らかい唇の感触や、少し荒っぽい舌の動きに翻弄《ほんろう》されながらも、真麻はうっとりとそれを味わった。

ようやくキスが終わり唇が離れると、真麻は千早に微笑んで言った。

「……愛してます、千早さん」

すると千早は蕩《とろ》けるように甘い微笑みを浮かべる。

「俺も、愛しているよ、真麻」

「……酷い態度を取ってごめんなさい。自分があなたに相応《ふさわ》しくないから、離れようと思って、わざとあんな態度を取っていたの」

これまでのことを謝ると、彼はクスッと笑った。

「知ってたから大丈夫」

「えっ⁉」

「わざとあんなことしてるんだろうなぁと思っていたけど、それがバレバレで可愛くて。俺に酷いこと言って、後で後悔して悶《もだ》えてる姿も可愛かったから、全然気にしなくていいよ」

「〜〜〜〜⁉」

まさか全部バレているとは思わなかった。

とんだ間抜けではないか、と顔を真っ赤にしていると、千早は真麻の額にキスを落とす。

「でも、そうやって謝ってきたってことは、もう離れるのはやめたってことでいいんだな？」

確認されて、真麻は「はい！」と笑顔で言い切った。

その振り切れた笑顔に、千早はおやおやと眉を上げる。

「随分悩んでいたみたいだったのに、あっさりと腹をくくったね」

「だって千早さんの婚約者候補って人が……」

説明しようと口を開きながら、真麻は顔を顰めた。

こずえとの不愉快極まりない問答を思い出したからだ。

「まほらが人間社会に溶け込むと決めたなら、純血にこだわっていたら本末転倒なのに。それすら理解できず、純血だから自分が一番偉いみたいな顔をして、他者を貶《おとし》め傷つけることを平気でする……。物事の道理を理解すれば、自分の考えが間違っていて、愚かなことをしているって気づくはずなのに。ものを考えないで許されるのは、子どものうちだけです。そんなちびっこギャングなサイコパスより、私の方がマシだなって思ったから」

「あははははっ！　くっ、くくく、はははは！　真麻、君本当に最高だな！」

真麻の辛辣《しんらつ》な評価に、千早が大爆笑した。

笑ってくれて良かった、と真麻はちょっと安心した。

我ながら辛辣な評価だなと思っていたからだ。

真麻はこずえのことをよく知らないし、人の評価とは多面的にするべきであり、一側面的なこれは正しくない評価だと思う。

(でも、小鶴さんと美舟さんを傷つけたことは、絶対に許せない……！)

自分がしでかしたことで人が傷つき死んでいったとしても、当たり前のような顔をする者が、千早の隣に立つなんてとんでもない。

もちろん千早の婚約者候補はこずえだけではないだろうし、もっと素晴らしい人がいるかもしれない。

（だけど、私にもできることがあるかもしれないって思えたから……）

小鶴と美舟が、真麻の存在は、希望だと言ってくれた。

いつ自分が獣のようになってしまうかも分からない恐怖から、救ってくれる存在なのだと。

これまで千早にも同じことを言われていたけれど、彼は自分にとても甘いことを知っている

真麻は、話半分に聞いてしまっていたのかもしれない。

「それに、この先のまほらの世界をより良いものにするために、私にも何かできることがあるかもしれない。それができたら、私は多分、千早さんの傍にいてもいいんじゃないかなって思えたんです」

真麻は晴れやかな表情で言った。

そんな真麻を、千早はどこか眩《まぶ》しそうに見つめている。

「真麻……」

「だから私のために、何も捨てないでね、千早さん。私はあなたに何かを捨てさせるために、一緒にいたいんじゃない。あなたに与えるために、傍にいたいの」

これだけは言っておかなくては、と真麻はさらに言い募る。

すると千早はふわりと花が綻ぶように、きれいに笑った。

「もう十分、与えられているんだよ、真麻。もう、十分に」

千早はそう囁くように言って、真麻をぎゅっと抱き締めてきた。
その大きな背中に腕を回して、真麻もまた彼を抱き締め返す。
お互いの温もりを確かめ合うように、二人はしばらく抱き合ったままでいたのだった。

エピローグ　紫和《しわ》

美能《みの》家当主の姪が桃蜜香《とうみつこう》を襲撃した件について、美能家当主は自分の与り知《あずか》らぬことであり、全ては姪である高梨《たかなし》こずえが勝手にしでかしたこと、と主張したが、紫和《しわ》家当主八隅《やすみ》はそれを却下した。

『桃蜜香への危害は、個人ではなく一族郎党が負うべき重罪だ。それほどの重罪を課さなければならないほど、桃蜜香の誘惑には抗《あらが》えないからだ』

『し、しかし、こずえは女でございます。今回の桃蜜香も女で、こずえは匂いの誘惑に負けたわけでも、桃蜜香を喰《く》おうとしたわけでもございません！』

罪から逃れようとなおも言い募る美能に、八隅は冷え冷えとした眼差《まなざ》しを向ける。

『誘惑に負けたわけでなければ、ただの殺人ではないか。よほどタチが悪い』

『で、ですが、桃蜜香の誘惑に抗えなかった軟弱者を罰するというのが本来の……』

『そもそも自分で喰わずとも、男のまほらを伴って喰わせようとしていた証拠は挙がっている。

その上、桃蜜香を守ろうとした紫団《しだん》の娘たちを半殺しにしたというではないか。こずえの連れていたまほらは全て、美能家縁《ゆかり》の者たちだが、それでもお主は関係ないと言い張れると思っているのか？』

反論を悉《ことごと》く却下され、美能はガックリと項垂《うなだ》れた。

その後八隅によって、主犯である高梨こずえは紫和家に生涯幽閉が決まり、こずえに加担した男たちも五十年間の幽閉が決まった。

美能家は紫白《しはく》の五家から降ろされ、現当主は責任を取って当主を退くことになった。新たな当主には娘婿が就いたが、良くも悪くも凡庸な男で、沢渡《さわたり》のように再び五家に返り咲くためには数十年かかるのではないかと言われている。

この襲撃事件を経て、十数人ものまほらから桃蜜香を守り切った沢渡千早《ちはや》は、その功績を認められ、紫和家当主によってさらなる責務を課されることになった。

『桃蜜香を守り切れるのはお前しかおらぬ。とはいえ、今回のようなことがまた起こる可能性はなきにしもあらず。桃蜜香にまほら社会における身分がなければ守りづらかろう。桃蜜香をお前の妻にするとよい』

この大胆な沙汰《さた》に、その場にいた全ての者が驚愕《きょうがく》した。

五家の当主は純血でなければならない。そのため、当主となる者には純血の配偶者を、というのが通念であったからだ。

桃蜜香は、確かにまほら社会にとって、長年の問題を解決するための糸口となる重要な存在ではある。だが人間だ。そんなことは許されない、と一時は騒然としたその場だったが、次の八隅の言葉で皆が口を閉ざした。

『五家の当主が純血でなくてはならぬと、誰が言ったのだ？　私は言っていないが？』

笑顔を浮かべてはいるが眼光鋭《するど》い『紫和様』の眼差しに、周囲は固唾《かたず》を呑《の》む。

『紫和様』が怒れば、嵐が吹き荒れ雷が落ち、酷《ひど》い時には大地震が起きるのだという伝説がある。それが本当のことかどうかは誰も知らないが、怒らせてはいけないことだけは、八隅が発している肌を突き刺すような迫力から感じ取れた。

『そもそも、我々まほらは遙《はる》か昔に、人に紛れて生きることを選んだ。ならば人に近づくことを喜びこそすれ、未だ遠いままであることを尊《たっと》ぶのは本末転倒だ』

青ざめる周囲をやんわりと叱《しか》るような口調で言うと、八隅はふと目を細めて脇息《きょうそく》にもたれかかる。

紫和家には広大な日本庭園が広がっていて、いつも五家と面会をするこの部屋からは、ちょうどその美しい景色が見えた。それを眺《なが》めながら、八隅は静かに微笑《ほほえ》んだ。

『私はまほらという生き物を愛している。強く、美しく、欲が深く、だが情も深い……なにより、まほらは愛することをやめない生き物だ。幾度敗れてもまた立ち上がり、愛を求めて苦しむ姿は、美しいと思う。この美しい生き物が絶えるのは忍びない。それよりは、人に混じり長く広くこの世界と繋《つな》がっていく方が好ましい』

まほらの長の愛ある言葉に、皆が胸を打たれたように首《こうべ》を垂れた。

『最強のまほらと呼ばれている者が、まほらの最大の弱点である桃蜜香を妻とする。実に興味深く、面白い組み合わせだ。私はその行く末を見てみたいと思うのだ』

そうしみじみと語る八隅の表情にはもう怒りはなく、どことなく愉快そうな色が滲《にじ》んでいる。

『お前と桃蜜香にはどんな子が生まれるのやら……。楽しみにしているぞ、千早』

長《おさ》のその言葉に、千早は『は』と短く答え、異を唱える者は誰もいなかった。

＊＊＊

薄暗い階段を下りていくと、冷たく湿った空気が肌を撫《な》でる。

純日本家屋の様相を呈しているこの屋敷において、この地下だけは壁も床も剥《む》き出しのコンクリートを使っていて、その空間の異質さを物語っている。

階段の奥には頑丈な造りの鉄の扉があり、一人の老人がそこに立っている。

紫和家の家令だ。むろんまほらであり、白髪を後ろへきれいに撫でつけ、柔和な笑みを浮かべている姿は矍鑠《かくしゃく》としているが、この老人は実は盲目である。

千早が近づいていくと頭を下げ鉄の扉の鍵を開ける。淀みの一切ない仕草《しぐさ》に毎度ながら驚かされるが、目が見えない者は視覚以外の五感が異様に発達するらしい。それにしても、鍵穴の位置を手で確認することなく鍵を差し込むことができるのは異常ではないか。

もしや目が見えているのでは、と思ったこともあったが、彼の黒目は白濁し光を通していないので違うのだろう。

(……あの紫和様のお付きを長年しているのだから、相当の猛者《もさ》だろうな……)

歴代の紫和家当主は、まほらの中でも異様な存在だ。

謎に包まれていて、その配偶者が誰なのかすら知られておらず、五家の当主ですら会ったことがない。代替わりの時すら謎に満ちていて、ある日突然これまでの当主に代わり、幼児が現れ『私が今代の当主である』と宣《のたま》うのだとか。いきなり現れた幼児を当主として扱えと言われても、できるわけがないと思いそうなものだが、その幼児には紫和家当主としての確かな威厳と気品があり、皆ひれ伏さずにはいられないそうだ。

全てを見通し、千里眼を持っているとさえ噂《うわさ》される、謎に満ちた美しきまほらの長。

そんな方にお仕えするのだから、よほどの剛《ごう》の者《もの》でなくては務まらないだろう。

重い鉄扉《てっぴ》の向こうに広がったのは、鉄格子の並ぶ広い空間――地下牢《ろう》だ。

ここはまほらの法を犯した罪人が、処刑の日を待つ牢獄なのである。

牢屋は独房になっていて、それがいくつも連なっている。

現在その中で使われているのは一棟、罪人は高梨こずえ、ただ一人だ。

こずえは牢の隅で蹲《うずくま》るようにしていたが、やって来たのが千早だと分かるとパッと顔を輝かせて鉄格子に縋《すが》り付く。

「千早！　来てくれたのね！　ああ、千早は来てくれると思ってた！　早くここから出して！」

喚《わめ》き立てるこずえの顔を見ながら、千早は首を捻《ひね》った。

「……そんな顔をしていたのか」

「……え？」

「いや、初めて顔を見たからな。美能の姪はこんな顔をしていたんだな」

千早の辛辣《しんらつ》な物言いに、こずえが怒りに顔を歪《ゆが》める。

「な、何を……！　私たちは何度も会っているでしょう!?　十二歳の時に婚約者だと紹介されて、何度も会いに行ったじゃない！」

叫《さけ》ぶこずえに、千早は「ハッ」と冷笑を浴びせかけた。

「興味のない者の顔は覚えない性質《たち》でね」

「興味がないって……私は美能の姪よ！　たとえ沢渡だとて……いいえ、沢渡だからこそ、興味がないなんて言えるわけがない！」

　こずえの主張に、千早は堪《こら》え切れぬと言ったように哄笑《こうしょう》する。

「ははははは！　バカもここまで極まれり、というやつだな！」

「何を……！」

「美能がどうした」

「な、なんですって……!?」

「五家の中でも器が小さいくせに性悪《しょうわる》で、ここ十年は事業の方も右肩下がり、没落寸前の家だろう。落ちぶれた老害と縁を結んで、なんの得が？　メリットどころか、デメリットしかない。沢渡《うち》は断ったのに、美能《そちら》がしつこく姪を引き合わせただけだろう。会いに行ったというのも、お前が押しかけただけで、俺は会った覚えはない」

「な、な……!?」

　顔を真っ赤にしたまま、怒りでぶるぶると身を震わせるこずえを一瞥《いちべつ》すると、千早は深いため息をついた。

「まあ、いい。気が済んだ」

「気が済んだって……」

怪訝《けげん》な顔をして千早の顔を見るこずえを無視して、千早は持っていた鍵で鉄格子の施錠を外した。

それを見たこずえは歓喜に満ちた顔になり、鉄格子が開いたと同時に抱きついてくる。

「ああっ、やっぱり、やっぱり千早は私を助けてくれると思ってた……！」

千早は無表情でその顔を見下ろすと、おもむろに片手でその首を掴《つか》んだ。

「千早……グゥウッ！」

こずえの首を掴んだまま、その手を高く掲げて女の体を宙吊《ちゅうづ》りにする。

「カッ、ァハッ！　……ッ!!」

「お前をここから出すわけがないだろう。最愛を害そうとした者を、俺が許すと思ったのか？　生涯幽閉など生温い。俺が鉄槌《てっつい》を下してやる」

真麻《まあさ》に手を出しただけでも許し難いのに、この女が姉と同じ罪を犯しながらも、桃蜜香殺害未遂で済んだという理由だけで処刑を免《まぬが》れたのも許せなかった。

姉は桃蜜香を殺したくて殺したのではない。桃蜜香の体臭に理性の箍《たが》が外れ獣化してしまったゆえだ。

千早は正気に戻った時の姉の悲哀と絶望を痛いほどに知っている。

桃蜜香を喰い殺してしまったことにあれほど悲しみ苦しんだ姉が処刑され、獣化したわけでもないのに、ただ己の私欲のために、他の者たちを巻き込んで桃蜜香を殺そうとしたこの悪魔のような女が処刑されないのは、到底納得できない。

だから千早は密かに八隅と話をつけた。

高梨こずえを処刑すべきだという千早の主張を、八隅は驚くほどあっさりと「いいよ」と許諾した。

『あの娘はあまりに多くのまほらを犠牲にした。あの娘に従うしかなかった男たちは半分以上死んだし、残りも半生幽閉だ。可哀想《かわいそう》に』

死んだ半分は、千早が殺した。真麻を救うために、一瞬であの八人を倒すためには手加減を一切できなかったし、なにより真麻が殺されそうになっているのを見て理性が飛んだ。

真麻を害そうとする者は全て殺すしかなかったのだ。仕方ない。

幸いにして、紫団長《しだんちょう》には桃蜜香を喰い殺そうとしたまほらを、殺してでも止める権限が付与されているので問題にはならない。

『己の頭を使って従う者を選ばなかったためでしょう。自業自得です』

千早が手厳しく返すと、八隅はやれやれといったように肩を竦《すく》めた。

『千早、誰しもがお前のように取捨選択を正しくできるわけではないんだよ。……そもそも、正しいか正しくないかは、個人の自由だからね』

『ならば、愚者に従って処刑されたことも、当人には満足だったでしょう』

『千早〜』

八隅は「も〜」と困った顔をしていたが、千早にしてみれば、いかなる理由があろうと真麻を喰い殺そうとした者など、処刑されて当然だ。情状酌量の余地など皆無である。

『まあ、従っただけの男たちが処刑されて、あの娘がのうのうと生きているのは、私も平等ではないなと思っていたところだ。ただし、まほらの法では〝桃蜜香の体臭で理性を失い獣化することを厳しく処罰するが、そうでないものは処罰の対象外としていてね。……法を作った当時のまほらにとって、それだけ理性を失い獣化することに嫌悪感があったということなのだろうが。まあ美能の手前、生涯幽閉に留めたが、密かに処理することは問題ないよ。あの娘はそれだけのことをした』

ニコリと微笑んだ八隅は、『ただし』とつけ加えた。

『それは処刑ではないよ、千早。私刑だ。私刑は和を乱す元になるから私の趣味ではないのだが、今回は特別に許そう。私刑を許すのだから、一つ貸しだ。お前には一度だけ、私の頼みを聞いてもらうよ。それがどんな頼みであろうとも、ね』

紫和家当主の『頼み』がどんなものなのか、想像するだけでゾッとする話だ。

だが千早はニッと笑って快諾した。

『分かりました。お約束いたします』

それであの性悪を始末できるなら安いものだ。

『うんうん。さぁ、どんなお願いをしようかな。楽しみができたなぁ』

八隅が上機嫌で怖いことを言っていたのが気にかかるが、それは置いておこう。

千早は宙吊りにされ、鼻水と涙でぐちゃぐちゃになっている女に意識を戻した。

喉を塞《ふさ》がれているので声を出せないこずえは、なんとか手を外させようと千早の腕に爪を立てる。ガシガシと腕を引っ掻《か》かれ、不快さに眉を顰《ひそ》めた千早はさらに手に力を込めた。

「……ッツ!!　アッ!!　……!」

圧迫が強すぎたのか、こずえが四肢をバタバタさせて悶《もだ》える。その顔が真っ青になっているので、どうやら頸動脈への血流を滞らせてしまったようだ。

「おっと、加減が難しいな」

ちょっと力を加えると、下手をすれば首を潰してすぐに死なせてしまう。

「すぐに死なせてなどやるものか」

できるだけ苦しい思いをさせなくては気が済まない。

純血であることが高貴なことだと思い違いをし、それ以外の他者の命をゴミのように扱っていいと思っている、愚かな罪人に、罪の重さを理解させなくては。

千早はうっそりと微笑むと、こずえに向かって囁《ささや》いた。

「時間はたっぷりある。最期まで、ゆっくりと楽しむことにしよう」

＊＊＊

朝の白い光を眼裏《がんり》に感じて、真麻はゆっくりと目を開く。

寝ぼけまなこであたりを見遣《みや》ると、オフホワイトのロールスクリーンが見えた。遮像率が高いけれど光は通す特殊な素材を使っているらしく、外の光がそのまま部屋の中に入り込んでくるため、時計を見なくても朝が来たことが分かる。

（朝か……）

真麻はしょぼしょぼした目を擦《こす》った。

なんでも、『朝の光を感じて目を覚ますことができ、体内時計が整う！』というコンセプトのロールスクリーンらしいが、眠るのが遅くなりがちな真麻には少々辛《つら》い。

「……前のマンションの寝室の方がよかったなぁ……」

あちらは遮光性に優れた濃いグレーのカーテンで、いつ朝が来たのか分からないくらい、昼でも真っ暗だったのだ。

とはいえ前のマンションは、高梨こずえによる襲撃のおかげでめちゃくちゃに破壊されてしまい、とても住める状態ではなくなってしまった。

千早は他にもたくさんの不動産を持っているらしく、千早と真麻はそのうちの一つに居を移した。それが現在のマンションなのだが、前と同じぐらい広くおしゃれでセキュリティも万全らしいが、いかんせんこの寝室の明るさだけはいただけない。

（……いや、分かってるのよ。朝起きて夜眠るっていう生活が、健康に良いってことは……！）

人間は目から入る日光の刺激を受けて、概日《サーカディアン》リズムを整えていると、この間狭霧《さぎり》が教えてくれた。概日リズムが狂うと自律神経系が乱れ、ひいては病気に繋がる可能性があるのだそうだ。

昔から、健康のためには早寝早起きが大切だと言われるが、全くもってその通りである。

（私だって、早寝早起きの生活がしたいのよ……！　でも……！）

真麻は小さくため息をつく。

健康的な生活のために夜早くベッドに入っても、千早が一緒にいれば、すぐに眠ることは不可能だ。

同じベッドで横になれば、至極当然のようにその流れになってしまうからである。

——要するに、真麻は毎晩のように千早に抱かれているのだ。

千早は襲撃事件以降、箍《たが》が外れたように真麻を求める。

もうかれこれ三ヶ月はずっと、ほぼ毎晩致しているのだが、これは一般的な数なのだろうか？

喪《うしな》うかもしれなかったという恐怖から、真麻が生きていると確認したいがゆえの行為なのかもと思い、止めなかった真麻もいけないのかもしれない。

（なんか、するのが日課みたいになっちゃってない……!?）

おまけに千早は体力が信じられないくらいある。一度では終わらず、二度、三度と挑まれることもあるため、睡眠時間が削られていくのだ。

ちなみにこのマンションに来てから、前のマンションには用意されていた真麻の寝室がなくなり、必然的に千早と一緒に眠るしかなくなっている。

（うーん……ロールスクリーン、遮光性のものに変えてもらう……？　でも余計なお金使わせるのもなぁ……）

衣食住を提供されている身としては、これ以上要求するのは気が引ける。

真麻は一応、リモートでできる仕事をやらせてもらっていて、以前よりは少ないけれどお給料ももらっている。それを生活費に当ててくれと言うのだが、千早は頑として受け取ってはくれない。

（まあ、千早さんにしてみればスズメの涙ほどのものだろうけど……）

「それでも受け取ってほしいんだけどなぁ……」

ボソリと呟《つぶや》くと、背後から腰を抱かれてぐいっと引き寄せられる。

「わっ……！」

驚いて目を丸くした真麻は、逞《たくま》しい腕の中に抱き締められた。温もりを感じさせるハーバルな香りが鼻腔《びくう》をくすぐり、ホッと安堵《あんど》が胸の中に広がった。千早の匂いだ。

「起きていたんですか？」

クスクス笑いながら訊《たず》ねると、千早はまだ眠いのか、「んー……」と唸《うな》り声のような返事をする。

「眠いなら寝てたらいいのに……」

「もう起きる……」

ボソボソと言いながら、千早の手が蠢《うごめ》いて、真麻のパジャマの中に潜り込んできた。

そのまま不埒《ふらち》な動きを始める手を、真麻はペチンと叩《たた》いて牽制《けんせい》する。

「もう、朝からダメですよ！　今日から会社に出社するって言ってたでしょう⁉　準備しないと！」

「……午後からの予定だからまだ大丈夫だよ」

寝起きでくぐもった声を出しているくせに、叩かれても手をどかそうとしない千早に、真麻は呆《あき》れながらもう一度手をペチリと叩いた。

「千早さんは良くても、私が良くないんです。私も今日、狭霧先生の所に行かなくちゃ。試薬ができたとおっしゃっていたんですから！」

真麻は顔を輝かせて言った。

昨日狭霧から連絡があり、桃蜜香特有の新種のホルモンであるアンブロシアンの生成を、抑制する試薬ができたと言われたのだ。

『他で試すわけにもいかない薬だから、まず君に試してもらわなくちゃいけないんだけど、大丈夫かな？』

要は治験《ちけん》というわけである。

普通治験にはたくさんの人のデータが必要となるのだが、当然だが今回は桃蜜香である真麻にしか適応しない薬であるため、治験を受けるのは真麻一人だ。

『いろいろぶっつけ本番ってことになるから、体調崩したり、ないと思いたいけど緊急事態が起こりうる。即座に対応できるように、私のラボで十日間過ごしてほしい。入院みたいなもんだから、そんな感じで準備してきてもらえるとありがたい』

狭霧に言われ、真麻は少々怖くなったが、それでも喜びの方が強かった。

（やっとこの軟禁生活から解放されるかも！）

千早と二人きりの生活は快適なものだったが、それでも一人で出歩く自由がないため、どうしても閉塞感《へいそく》がある。

真麻はどちらかというとインドア派で、休日でも外出せずに家で過ごすことが多いタイプではあったが、『出かけない』のと『出かけられない』のはまた別なのだ。

千早は真麻が気分転換できるようにと、たまに百貨店や水族館に連れて行ってくれたが、安全を確保するためにその場所を貸し切るという離れ業を使っていた。

(いやアイ◯ンマンか⁉)

と某超絶お金持ち設定のアメコミヒーローを思い浮かべた真麻だったが、そんな大金のかかる気分転換はもうしたくない。

(まだまだ試薬段階で、ちゃんと使えるようになるまでは長いって話だけど、それでも一歩前進してると思えば、気分が上がる！)

そんなわけで、しばらくの間、真麻が狭霧のラボでお世話になることになっているため、その間千早は真麻のお守りをしなくてよくなるので、数ヶ月ぶりに出勤できることになったのだ。

リモートで仕事をしているとは言っても、やはりできないことは多々あるだろうから、真麻としてはホッとしていた。いくらリモートで仕事をこなしているとしても、出勤しないことで千早の評価が下がる可能性もあるだろうし、リモートではできない仕事は他の人に割り振られている。多くの人に迷惑をかけているのだと思うと、ずっと心苦しかったのだ。

時間はかかっても、少しずつ自由を取り戻せるのだと思うと、嬉《うれ》しくて胸が弾《はず》んだ。

ニコニコとしている真麻に、千早が不満そうな声を上げる。

「……なんだか嬉しそうだな。俺と十日間も離れ離れになるのに、どうしてそんなに上機嫌なんだ？」

「えっ……」

不穏な気配を感じて、真麻は首を捻って背後を振り返った。

千早の形の良い唇がむすっと引き結ばれていて、じっとりと恨めしげな視線が真麻に突き刺さっている。

「べ、別に離れ離れになるのが嬉しいわけじゃないですよ？」

「じゃあ何が嬉しいんだ？」

「そりゃ……試薬ができて、一歩ずつ問題解決に近づいているんだなって思ったら、やっぱり嬉しいじゃないですか。私も安心して暮らせるし、これからまほらの人たちが、桃蜜香を食べてしまうかもっていう恐怖と戦わなくても良くなるんですから」

「ああ、なるほどね……」

真麻の説明に、千早は小さく息を吐《は》き出した。

「確かに大きな一歩ではあるが、今回の試薬は、真麻の……桃蜜香からアンブロシアンを発生しないようにする薬で、まほらが獣化しない薬じゃないからな」

千早の言葉に、真麻はきょとんとしてしまう。

「え……っと、どういうことですか？」

「今回の試薬が完成したとして、服薬している真麻は襲われることはないけど、他の桃蜜香はそうじゃない」

「あっ……！」

千早が言わんとしていることをようやく理解して、真麻はポンと手を叩く。

桃蜜香はある日突然熟すと言われている。確かに真麻も、昔からまほらに襲われていたわけではない。もしそうだったら、幼い頃に千早に出会った時点で食べられていたはずだ。

アンブロシアンを生成するようになるのは、ある時点まで成長してから、あるいは何かのトリガーに誘引されて起こる現象なのだろう、というのが狭霧の見解だった。

「つまり、今も存在しているかもしれない桃蜜香は、まだ食べられる危険があるってことですよね？」

「そう。桃蜜香は数十年に一人という、稀《まれ》な頻度でしか発見されていない。だが、発見されていないだけで、すでに喰《く》われてその死を隠蔽《いんぺい》されてしまっている可能性も、残念ながらないわけじゃないんだ。この国では毎年五千人ほどの行方不明者が出ているから、その中の誰かがまほらに喰われてしまった桃蜜香であったとしても、なんら不思議はない」

「ヒェエ……」

ゾッとするような話に、真麻は思わずブルッと体を震わせた。

すると千早が安心させるように背中から覆《おお》い被さるように抱き締めてくれる。

「もちろん、まほらが桃蜜香の匂いに反応しなくなるようにする方法も探求中だ。アンブロシアンの存在が明らかになったように、必ず見つかるさ。それに、俺たち紫団《しだん》がいるんだ。もう二度と……姉のようなものは出させない」

「……はい」

決意の籠《こ》もった声に、彼の悲しみを感じ取って、真麻は胸がぎゅっと軋《きし》んだ。

少し前に、千早から彼の姉の話を聞いていたからだ。

千早は幼い頃に最愛の姉を喪《うしな》った。

彼女はなんと、二十年前に桃蜜香を喰い殺してしまった罪で処刑されたまほらだったのだ。

しかも、その桃蜜香は彼女の恋人だった。

（なんて痛ましい悲劇なんだろう……）

愛し合っていた恋人が、突然麻薬のような芳香を醸し出し、理性を失った彼女は愛する人を喰い殺してしまった。正気に戻った時の彼女の絶望を思うと、涙が出てくる。

それを見ていた千早は、もう二度と、姉のようなものを出させないと誓ったのだと言っていた。

(千早さんがあれほど〝悲願〟と言い続けた理由が、これで分かった)

そして、どれほど優秀であっても、桃蜜香の体臭の前で正気を保てたものはいないと言われる中、千早だけが理性の紐を離さず、正気を保てた理由も理解した。

決して幸運だったわけでも、奇跡だったわけでもない。彼の悲願を達成するという執念と、長年の研究とシミュレート、そして『絶対に桃蜜香の誘惑に負けない』という強靭《きょうじん》な精神力の賜《たまもの》だったのだ。

どれほどの努力したら、ここまで辿《たど》り着くことができるのか。

まほらではない真麻には想像もつかないほど、苦難の道だったに違いない。

そう思うと、彼を誇《ほこ》らしく思ったし、同時に辛《つら》かったですねと労りたい気持ちにもなった。

真麻はクルリと寝返りを打って千早と向かい合うと、広い背中に腕を回して彼を抱き締める。

「真麻？」

「……ちょっと、抱き締めたくなっただけです」

彼に守られている立場の自分が彼を労わるなんて烏滸《おこ》がましい気もして、抱き締める理由は言わなかった。

だが千早はクスッと笑うと、何も聞かず抱き締め返してくれる。

「……私も、早く千早さんの悲願が完遂できることを祈ります」

心からそう思う。

まほらの中でも最強と言われるまでの屈強な肉体を作り上げ、本能すらも凌駕《りょうが》するほど強靭な精神を磨き上げたこの人の、血の滲むような努力が報われますようにと、祈らずにはいられなかった。

真麻の祈りに、千早は優しい表情になって礼を言う。

「……ありがとう。真麻には治験で負担をかけてしまうことになるのが、本当に申し訳ないが……」

千早がそう言って葛藤するかのように顔を歪《ゆが》めるから、真麻は驚いてしまった。

「何言ってるんですか！　私のための薬なんですから、私がやるのが当然ですよ！　狭霧さんは私のために頑張って研究してくれてるのに、そんなこと言ったら絶対ダメなんですからね！」

真麻が叱《しか》りつけると、千早はとろりと蕩《とろ》けるような微笑《ほほえ》みを浮かべる。

その濃厚な艶《つや》っぽさに、真麻は内心でギクリとなった。

（うっ……この水も滴るような色気は……！）

もう何度彼に抱かれたか分からない真麻には分かっていた。

この雰囲気《ふんいき》になった千早が取る行動は一つだ。

「真麻……愛しているよ」

そのままキスをされそうになって、真麻は慌てて顔と顔の間に手を差し込んで止める。

「真麻？　手を退《ど》けて」

「だっ、ダメです！　千早さん、そのままなだれ込もうとしてるでしょ!?」

どこになだれ込むかって、もちろんセックスに、である。

このムンムンの色気を醸し出してきた千早に、押し倒されなかった試しがないのだ。

その証拠に、千早の手がすでに真麻のパジャマを脱がそうと蠢《うごめ》いている。

「バレたか」

千早はそう言っていい笑顔を浮かべたが、笑うところじゃない。

「バレたか、じゃないでしょ！　今日はもう起きなきゃダメなんですから……！　それに、昨夜もシタじゃないですか！」

そう。毎晩イタすのが日課（？）になっている二人は、もちろん昨夜もしっかりイタした。

あれからまだ数時間しか経過していないのにまた、というのはあまりにも性豪すぎやしないだろうか。

「昨夜は昨夜、だろう？」

「いやいやいや……」

「それに、今日から十日間も真麻に触れられないんだ。とてもじゃないが耐えられそうにない。俺の気が狂わないように、頼む」

芸術のような美貌で悲しげに微笑まれ、一瞬脳がバグる。こんな美しい人を悲しませるなんて、絶対にしてはいけないことだ。けしからん。

脳のバグでうっかり「仕方ないですね」と言いそうになったが、真麻はすんでのところで我に返った。

（いやしっかりしなさい、私！）

心の中で自分をビンタすると、真麻はキッと千早を見上げる。

「たったの十日間ですよ！　耐えてください！」

「……真麻は？　十日間も、耐えられるの？」

逆に訊《たず》ねられ、真麻はもちろん「耐えられますとも！」と答えようと口を開いたが、脳裏に千早のいないベッドで眠った時のことが過《よぎ》った。

千早の元を離れようとして、わざと嫌な態度を取っていた時だ。

彼と触れ合うことを避《さ》けていたので、千早の寝室を使わず自分の寝室で眠っていたが、とても寂しく切なかったのを思い出したのだ。

千早の腕の中で眠る安堵感と幸福感を知ってしまったら、独寝《ひとりね》の空虚感は身に沁《し》みるようでとても辛かった。

「…………」

口を開いたまま沈黙する真麻に、千早が満足げに目を細める。

「どうやら、同じ気持ちでいてくれるみたいだな」

「〜〜〜っ、もうっ！　絶対に遅刻はしませんからねっ⁉」

トマトのように顔が真っ赤になっている自覚はあったが、もう誤魔化《ごまか》しようもない。

ちょっとツンデレ気味に遠回しな承諾をすると、千早がクスクス笑いながら頷《うなず》いた。

「御意に、お姫様」

低く艶やかな声でそんな気障《きざ》なセリフを吐きながら、千早が唇を重ねる。

キスは唇が触れたと同時に深くなった。

千早のキスはいつもそうだ。多分、真麻の唾液を早めに摂取するためなのだろうが、真麻にしてみれば最初からクラクラさせられっぱなしで、頭がおかしくなりそうだ。

肉厚の舌に絡み付かれて喘《あえ》ぎながら、真麻はパジャマを脱がそうとする千早の動きを助けるように腕を動かした。脱がされるのも上手《うま》くなったものだ、と我ながら妙に感心してしまう。

真麻は、セックスは共同作業なのだなということを、最近実感するようになった。

与えられるだけでなく、与える行為だ。

優しさを、労わりを、愛情を……伝え合いたいと欲する全てを分かち合える、素晴らしい愛の行為なのだ。

だから真麻も、千早のパジャマを脱がそうと試みる。

すると千早は目だけで微笑んで、同じように腕を動かして脱がすのを手伝ってくれた。

互いに生まれたままの姿になると、千早はベッドの上で胡座《あぐら》をかいて真麻を抱え上げる。

向かい合って抱き合うと、互いの皮膚《ひふ》と皮膚がピッタリと合わさって、ひどく心地好《よ》かった。

「……私、裸で抱き合うの、好きです」

自分より少し体温の高い千早の肌の熱さにうっとりとしながら言うと、千早はクスッと笑って頷く。

「奇遇だね。俺もだよ」

「ふふ」

小さく笑いが漏《も》れたのは、お互いにそれを知っていたからだ。

言わなくても、真麻が気持ちいいと思うことを千早は熟知しているし、真麻もまただいたい把握している。

自分の一部が彼の一部になって、彼の一部が自分の一部になったような、表現し難い共感がそこにはあって、それがとても好ましかった。

真麻の体を大きな手で愛撫《あいぶ》しながら、千早はその首筋を舐《な》めたり噛《か》んだりし始める。

まるで犬にじゃれつかれているみたいだが、多分違う。

（……これ、噛みつきたい衝動を堪《こら》えてるんだよね……）

彼は決して口にしないけれど、その衝動と戦う仕草《しぐさ》がこれなのだろうと、真麻は感じていた。

唾液の効果による抑制から食衝動は抑えられているが、なくなっているわけではないのだろう。まして、こうして裸で抱き合ってしまえば、真麻の体臭はダイレクトに千早の嗅覚を刺激する。食衝動が煽《あお》られないわけがない。

（食べたいのに、我慢してくれてるんだよね……）

そう思うと、なんだか申し訳ない気持ちになってしまった。

我慢しなくていいよ、と言ってしまったらどうなるだろう、と恐ろしいことを想像する。

彼の白く硬い歯が自分の柔らかい皮膚にめり込み、突き破り、溢《あふ》れ出る真っ赤な血を啜《すす》られる――だいぶスプラッタな光景だ。恐怖映画のようではないか。

だが、恐ろしいことのはずなのに、真麻は全く怖くなかった。

それどころか、嬉しいとすら思った。

（……千早さんに食べられるなら、本望だなぁ……）

そんな狂気じみたことを思う自分に呆れてしまう。

でも、自分の肉が彼の体の一部になるのだと思うと、不思議な多幸感が湧いてくるのだ。

（これって、愛の形の一つ……？）

食べたいのも愛、食べられたいのも愛、ということか。

人の数だけ愛の形はあると言うから、否定する必要もないだろう。

自分の鎖骨を齧《かじ》る千早の髪を撫でながら、真麻はふと思い立って彼の髪を優しく引っ張った。

「真麻？」

驚いたように顔を上げる千早にキスを落とすと、「じっとしててね」と言い置いて、その逞しい首にカプリと歯を当てる。

「――イテ。何？　どうした？」

千早が笑みを含んだ声で言ったので、真麻は顔を上げてニッと笑った。

「私も千早さんのこと、食べてみようと思って」

すると千早は目を丸くして、次の瞬間、真麻と同じようにニッと笑った。

「お味は如何《いかが》でしたでしょうか？」

「大変結構なお手前です」

ニヤリと口の端を上げて答えれば、千早は堪りかねたように噴《ふ》き出す。

「だろ？　真麻も、頭がおかしくなるほど美味《おい》しいよ」

「知ってます」

しれっと頷くと、千早はまた噴き出して、それから真麻を掻《か》き抱くようにして抱き締めた。

「ああ、本当に、愛しているよ、真麻」

「私も、愛してます、千早さん」

——食べたいほどに、食べられたいほどに。

言わずもがなのセリフを呑《の》み込んで、二人は見つめ合ってまたキスをする。

互いを求め合う衝動のままに貪《むさぼ》り合う間も、その手で互いの体を愛撫した。

千早の体は筋肉の塊で、どこを触れても張りのある弾力を感じる。

筋肉は硬いものだと思い込んでいたが、実際にこうして触れてみると、硬いグミのような感触だ。熱く滑らかな皮膚の下のその弾力を楽しむように触れていると、千早の指が乳房を掴《つか》んで揉《も》みしだいてくる。

真麻が千早の筋肉の感触が好きなように、千早は真麻の胸の感触が好きらしい。

ムニムニとパン生地のように執拗《しつよう》に捏《こ》ねる様子は、どう考えても感触を堪能している。

やがて乳房を揉んでいた指が、その上に乗った赤い尖《とが》りにイタズラを始め、真麻はビクリと肩を揺らした。そこを弄《いじ》られるのはとても弱い。快感が強くて、体が一気に熱くなってくるのだ。

もちろん千早はそれを分かっていてやっているのだろうが、自分だけ気持ち好《よ》くさせられるのは少し悔しかった。

真麻は瞼《まぶた》を開いて千早を睨《にら》む。キスの最中なので、至近距離すぎて焦点が合わなかったが、それでも彼の飴《あめ》色の瞳が楽しげな光を湛《たた》えていることは分かった。

真麻が感じるのが嬉しいのだろう。

今度は両方の乳首をクリクリと捏ね回してくるので、真麻は身をくねらせて鼻声で鳴いた。

両方一度に弄られると、お腹の奥が熱く疼《うず》いてくるのだ。このじくじくとした疼痛《とうつう》が、快感の熾火《おきび》なのだと真麻はもう知っている。

快楽の熱に浮かされていく体をうっとりと感じながら、真麻は手を下へ伸ばして千早のものに触れた。すでに隆々と勃《た》ち上がっているそれは、真麻の指に触れると喜ぶようにピクリと揺れる。

真麻は微笑むと、ぷにぷにとした亀頭の形を指でなぞった後、括《くび》れの部分を爪でそっと引っ掻いた。

ピクリ、と千早の瞼が引き攣《つ》り、薄目を開けて真麻を甘く睨んだ。

彼が自分の愛撫で感じてくれていることを喜びながら、真麻は太い肉竿をぎゅうっと握り込む。雄々《おお》しい茎に貼り付くように這《は》っている太い血管の形まで分かるほど、パンパンに膨らんでいる。

(――ああ、すごい)

掌《てのひら》に伝わってくる熱と、はち切れんばかりの質感に昨夜の甘やかな記憶が甦《よみがえ》る。

この太く逞しいもので、何度も腹の奥を暴かれ、激しく貫かれた。

また同じことをされるのだと思うだけで、胎《はら》がどろりと蕩けるような心地がした。

はぁ、と悩ましい吐息が溢れ、真麻は握ったそれを自分の蜜口に充てがう。そこは自分でも恥ずかしいほど、すでに蜜を溢れさせて熱《ほて》っていた。

「真麻……、まだ……」

入り口を解していないと言いたいのだろう。

千早が戸惑ったような声を上げたが、真麻は「しぃっ」と囁いてそれを止めた。

昨夜の行為からまだそう時間は経っていないし、最近の真麻は千早とキスをしているだけで……女孔への愛撫をしなくても、自然と体が準備を整えてしまうのだ。

――まるで、千早の子どもを孕《はら》みたがっているかのように。

真麻は目を閉じて思う。

(……やっぱり、これってそういうことだよね)

まほらと桃蜜香の関係について、当事者として真麻もいろいろと考察し、そして自らの経験をもとに一つの仮説を導き出していた。

——桃蜜香の体は、まほらと番《つが》うためにできている——

それが、真麻の仮説だ。

まほらの理性を失わせる体臭は、おそらく本来は食欲ではなく、性欲を促すものなのではないだろうか。まほらは繁殖能力の低い生き物だ。そのまほらを絶滅させないために生まれた、まほらとの生殖に特化して進化した人間なのではないだろうか。

とはいえ、これはあくまで真麻の仮説にすぎない。

人間とまほらがそもそも異なる種類の生き物だとすれば、異種であるまほらのために人間側が進化するのも妙な話だし、そもそもなんの根拠《エビデンス》もない。

きっと医師である狭霧には、「ロマンティックな仮説だね」と笑われてしまうかもしれない。

それでも、真麻は自分の仮説は正しいのだと確信していた。

(……少なくとも、私の体は千早さんのためにできてるって分かるもの……)

彼を受け入れるために。彼の子を生むために。

今もこうして、彼への愛を想うだけで、真麻の体は彼を受け入れるために濡《ぬ》れそぼっているのだから。

真麻は千早に微笑むと、ガチガチに聳《そそ》り立つ千早の肉の棒へ向かって、ゆっくりと腰を落としていく。ずぶり、ずぶり、と太く雄々しい肉によって、胎の中を押し開かれていく感覚に、ゾクゾクとした快感が背筋を駆け上がっていった。

（ああ、気持ち好《い》い……、気持ち好い……！）

真麻はいつも、最初に受け入れる時に、喉が干上がるような快感を覚える。膣壁を刮《こそ》ぐようにして侵入され、みっちりと千早のもので胎を満たされると、脳が痺《しび》れて快感を追うことしか考えられなくなるのだ。

「ああ……、ぁあっ！」

快楽に背を弓形《ゆみなり》にして喘《あえ》ぐと、千早の腕が真麻の背中を支えてくれる。

そのまま今度は千早が腰を突き入れ始めた。

ズン、ズン、と速いリズムで突き上げられ、彼の膝の上に乗っている真麻の体は、ボールのように跳ねる。ぶるぶると上下に激しく乳房が揺れ、痛いほどだ。それなのに、狭い隘路《あいろ》に凶暴な熱杭が何度も穿《うが》たれる快感に、痛みすら気持ち好いと感じてしまう。

千早は真麻の体重を使って腰を振っていて、真麻が落ちてくるタイミングで突き入れるので、一突き一突きが重く深い。毎度最奥まで抉《えぐ》られる重怠《だる》い痛みが、どんどん熱を孕んで白く凝《こご》っていくのを感じた。

叩きつけられる雄《おす》の欲望に、雌孔の奥からまた愛液が溢れ出してくる。肉竿に掻き回され、泡立った粘液がどろりと尻の穴を伝った。その卑猥《ひわい》さにすら愉悦を煽《あお》られて、蜜襞が千早に絡み付いて収斂《しゅうれん》するのが分かった。

「ああ……可愛《かわい》い、真麻」

「千早、さん……ぁあ、好き、すきぃっ……！」

嬌声《きょうせい》の合間に愛を囁きながらも、二人の律動は止まない。それどころか、加速するばかりだ。

触れ合える悦《よろこ》びと、白い愉悦の狭間《はざま》で、真麻の中で千早がより一層その質量を増した。それが絶頂の兆しだともう分かっている真麻は、自分の体で彼が悦びを得ることが嬉しくて、また蜜筒を収斂させてしまう。

千早が切羽詰まった獣《けもの》のような唸り声を上げた。

「ああ、真麻、真麻、もう、いく……！」

「千早さん、私も、いくからっ……！」

真麻が叫《さけ》びながら彼の首にしがみつくと、千早は華奢《きゃしゃ》な体をガッチリと抱き締め、より一層深く激しく突き上げた。ガンガンと最奥を叩かれ、火花のような快感が真麻を襲う。

「ヒァアアアッ！」

急激に高みに押し上げられ、悲鳴を上げながら全身を引き攣らせる真麻の一番奥で、鈴口を子宮口に押し付けた千早が弾けた。

彼の子種が自分の奥に撒《ま》き散らされているのを感じながら、真麻は生理的な涙の滲《にじ》む目で、うっとりと彼の顔を見る。

「……千早さん、愛してる」

「……俺も、愛しているよ、真麻」

愛に愛を返される――この幸福は奇跡のようだと思う。

出会えて良かった。

愛されて嬉しい。

もう二度と離れたくない。

絶頂の余韻で、考えがまとまらず、浮かんでは消えていく。

千早の汗ばんだ肌を撫《な》でながら、真麻は微笑んで言った。

「……ねえ、千早さん」

「……ん？」

「もし、あなたが死ぬ時、どうか私を食べてから死んでね」

そうすれば、もう二度と離れることはないだろう。

そう思って言ったセリフに、千早は目を見開いて押し黙った。

だがすぐに泣きそうな顔で笑って、頷いた。

「分かってる。もう二度と離さない。死さえも、俺たちを分かつことはできない」

あとがき

ルネッタブックス様では四度目のご挨拶となります。

はじめまして、あるいは、お久しぶりです。春日部こみとと申します。

この本を手に取ってくださってありがとうございます。

今回のお話は、大まかな括りでファンタジーに分類されるのでしょうか。

ちょっと不思議な生き物、「まほら」さんたちの物語になります。

世界に昔から存在している、見た目は人間とそっくりですが、人間を食べる妖怪のような存在です。

そう、今回のテーマは、捕食者と被食者の恋。

いわば狼とウサギの恋というわけです。

神視点――というよりマクロ視点で見ると「食物連鎖だからまあ仕方ない」的な思考で終わりますが、ミクロの視点になるとなかなか壮絶なものがありますよね。

捕食者と被食者の恋、というのは、本能と理性が鬩《せめ》ぎ合う、なかなかハードな恋愛となりそうだなぁと思ったことから、この「まほら」さんは生まれました。

とまあ、ここで簡単に説明してみても、はぁ、どんだけ尖った設定なんだ？　と我ながら呆れてしまいますが（苦笑）。どうやって恋愛に持ってくの、大丈夫？　わりと世界観がえらいことになるよ？　できるの？　とこの設定を作った時の自分を問い質してやりたい気分です。

現代物でこの設定を受け入れてくださった、ルネッタブックス様には感謝しかありません。

（なんという懐の広さ……！！！）

そしてこの設定をブラッシュアップさせ、なんとか商業で受け入れてもらえる範囲に持っていってくださった担当様には、足を向けて寝られません。

ルネッタブックス様、担当編集者様、本当にありがとうございました！

書き上がった原稿を眺めながら、ヒロイン（うさぎ）の真麻ちゃんはうさぎらしく書けたと思いますし、ヒーロー（狼）の千早さんも狼らしい（というより犬のふりをした狼）に書けたのではないかなぁと感じております。

どうか皆様のお気に召していただけますように……！

麗しいイラストを描いてくださったのは、御子柴リョウ先生です。

私が遅筆なために大変ご迷惑をおかけしたにもかかわらず、本当に美しいイラストを仕上げてくださって、本当にありがとうございました！
この本を刊行するために、ご尽力くださった全ての皆様に感謝申し上げます。
最後に、ここまで読んでくださった読者の皆様に、心からの愛と感謝を込めて。

春日部こみと

ルネッタブックス

オトナの恋がしたくなる♥

俺からお前を奪う奴は殺す

ティーンズラブオメガバース
運命の愛に導かれて…

ISBN978-4-596-52490-4　定価1200円＋税

婚約破棄された令嬢ですが、私を嫌っている御曹司と番になりました。

KOMITO KASUKABE

春日部こみと

カバーイラスト／森原八鹿

オメガの羽衣には政略的に結ばれた幼馴染みの婚約者がいたが、相手に「運命の番」が現れ破談になる。新たに婚約者となったのは、元婚約者の弟で羽衣を嫌い海外に渡っていたアルファの桐哉だった。初恋の相手である桐哉との再会を喜ぶ羽衣だが、突如初めての発情を迎えてしまう。「すぐに楽にしてやる」熱く火照る身体を、桐哉は情熱的に慰めて…!?

ルネッタブックス

オトナの恋がしたくなる♥

逃げても無駄だよ。

元カレの執愛に陥落寸前!?

ISBN978-4-596-53401-9　定価1200円＋税

仕組まれた再会

～元カレの執着求愛に捕獲されました～

KOMITO KASUKABE

春日部こみと

カバーイラスト／御子柴トミィ

化粧品会社の研究職に就くみずきは、学生時代に本気で愛した男から手酷く裏切られて以来、恋人も作らず仕事に邁進してきた。趣味のオンラインゲームでは、素顔も素性もわからないが気の合う男性もいて、いつか彼に会えるのを楽しみにしていた。ある日、ゲームのオフ会へ出掛けると、そこには自分を裏切った男——坂上千歳が待ち構えていて……!?

ルネッタⓁブックス

オトナの恋がしたくなる♥

――今度こそ、もう逃がさない

王子様系男子×不憫系女子
甘く淫らな再会愛

ISBN978-4-596-01741-3　定価1200円＋税

溺愛シンデレラ

極上御曹司に見初められました

MIN TAZAWA

田沢みん

カバーイラスト／三廼

つらい留学生活を送っていた由姫は、ハルという魅力的な青年に助けられ恋に落ちるが、とある理由で彼の前から姿を消した。九年後、日本で通訳者として働く由姫の前にハルが現れ、全力で口説いてくる。「君を抱きたい。九年分の想いをこめて」蕩けるような巧みな愛撫で何度も絶頂に導かれる由姫。幸福を味わいながらも、由姫には大きな秘密があって⁉

ルネッタⓁブックス

オトナの恋がしたくなる♥

どれだけ感じているか、
見ているのは俺だけだ

結婚願望ゼロ女子、
社長の溺愛に陥落!?

ISBN978-4-596-42756-4　定価1200円＋税

不本意ながら、社長と同居することになりました

YUKARI USAGAWA

宇佐川ゆかり

カバーイラスト／壱也

社長秘書の莉子が出張から戻ると、家が燃えていた——。なりゆきでイケメン社長の高梨の家に居候することになったけど、彼はひたすら莉子を甘やかしてくる。「こうされるの、好きだろ？」耳元で囁かれる淫らな言葉と甘やかな愛撫に蕩ける莉子。ワケあって結婚や恋愛を避けてきたのに、高梨に惹かれる気持ちは止められなくて……!?

ルネッタⓁブックス

最強御曹司は私を美味しく召し上がりたい

2024年10月25日　第1刷発行 定価はカバーに表示してあります

著　者　春日部こみと　©KOMITO KASUKABE 2024
発行人　鈴木幸辰
発行所　株式会社ハーパーコリンズ・ジャパン
東京都千代田区大手町 1-5-1
04-2951-2000（注文）
0570-008091　（読者サービス係）

印刷・製本　中央精版印刷株式会社

ISBN978-4-596-71505-0

※この作品はフィクションであり、実在の人物・団体・事件等とは関係ありません。